時雨沢 惠一
KEIICHI SIGSAWA
插畫●黑星紅白
ILLUSTRATION KOUHAKU KUROBOSHI

奇諾の旅 VIII

—the Beautiful World—

CONTENTS

「路之國」—Go West!—

「好棒的路哦，奇諾。」

「是啊……」

「這與其說是路，根本就是大道嘛。我還是頭一次在路面這麼美麗、整條鋪設平坦、幅度又寬、彎度不會太誇張、兩旁景緻又不錯的道路上奔馳呢！」

「我也是……」

「讓我們向建造這麼棒的道路的本國國民乾一杯吧！」

「好……可是漢密斯，你又不喝酒。」

「這是心境上的問題嘛！我不過是想表達希望當面稱讚那些人的念頭而已。」

「這樣啊……要是真的能夠辦得到就好了……」

「怎麼會這樣呢？」

「這個嘛……這整個國家的人民全部死掉的原因……我也不曉得。加

上現在這裡又見不到半個人，想問也
沒得問……」
「說的也是。——話說回來……」
「話說回來？」
「這條路怎麼都看不到盡頭啊？
我們已經一路飆很久了，好歹也快到
西城門了吧。」
「嗯……你說的沒錯，我們從前
天就一路直飆的說……」
「要是今天還無法抵達城門，那
就太離譜了。」
「所以我才這麼努力狂飆啊……」
「這條道路真的好棒呢，奇諾。」
「是啊……」

「無法做壞事之國」
—Black box—

奇諾跟漢密斯戴上了眼鏡。

奇諾當然是掛在臉上，至於漢密斯……

「奇諾，妳不覺得這樣很怪嗎？」

「很好看、很好看啦。」

「會嗎？可是我覺得很礙事耶。」

則是掛在大燈前。

此時，個別戴著眼鏡的人車前方的內門打開，逐漸看得見這個國家內部的情形。

先跳回稍早之前發生的事情。

「那麼，容我向兩位說明。」

該國的入境審查官開口說。車上堆著行李的漢密斯，跟披著棕色大衣的奇諾，以及西裝筆挺的入境審查官，聚集在鑿城牆蓋成的小屋裡。

「奇諾，妳現在手上那個像眼鏡的機器是監視裝置。」

正如審查官所說，奇諾手上的確有一副眼鏡。乍看之下雖是普通的眼鏡，但是在左右貼近太陽穴的地方，卻裝設有約指尖大小的小型機器。

「左邊附有鏡頭的是攝影機，右邊則是記錄裝置跟電源。那台攝影機，能記錄下奇諾妳看到的所有事物。它在夜晚也能正常運作，收錄的聲音及影像當然一樣很鮮明。換句話說，妳的一舉一動都會受到監視。但是這牽涉到侵犯隱私的問題，因此能夠檢閱這些拍攝記錄的——」

「只有警察跟法官是嗎？」

「一點也沒錯，漢密斯。這些記錄連本人都無法調閱。只要警察取得拘票，就有權力調閱嫌疑犯的記錄，如此一來便能揭發其犯罪行為。」

「原來如此，難怪你們被稱為『無法做壞事之國』啊。」

審查官聽了奇諾說的話，用力點頭表示認同。當然，他臉上也戴著眼鏡。

「沒錯，在我們國家裡，『做壞事絕對會曝光』這件事是無庸置疑的。每個人都明白，犯罪是吃力不討好的行為。這國家從前經常發生犯罪行為，謀殺也是全國排名第一的死因。後來，我們考慮到政策若執行不徹底是無法解決這些問題的，因此才集思廣益，完成了這套系統。數十年以來，我國治安大幅得到改善。不僅再也沒有突發或衝動性的犯罪行為，就算有也能馬上逮到嫌犯。」

「原來如此。」「嗯嗯。」

「為了保護這套系統，除了部分例外情況之外，只要使用者的身體正在移動，依法是禁止摘下眼鏡的。若是這副眼鏡顯示出使用者的腦波並未處於靜止狀態，卻離開皮膚三十秒以上的話，就會發出警告，而這個資訊也會傳遞給它周遭使用者所佩戴的眼鏡。至於我剛剛說的部分例外情況，指的是睡覺、換衣服、化妝或洗澡。這國家的各個地方都準備有兼具充電功能的眼鏡架，當眼鏡掛在上面的時候，便能讓攝影機拍到本人。如此一來，攝影機就能辨識持有者在例外活動中的狀況了。」

「這真是了不起的技術耶。」「的確沒錯，真的很了不起。」

「哎呀～聽到妳們這麼說，真的好開心哦。哈哈哈。」

審查官靦腆了一會兒，接著就進入主題。換句話說，基於前面講的那些理由，奇諾在停留的三天內，也跟這國家的百姓一樣有佩帶這副眼鏡的義務。如果她不答應這項承諾的話，就無法允許她入境。

奇諾點頭答應，並說：

「知道了，我願意遵守貴國的規定。」

然後又詢問鬆了一口氣的審查官：

「對了，那漢密斯怎麼辦？我覺得他應該也要戴上一副。」

「對於無法自行移動的摩托車，法律並沒有規定必須佩帶眼鏡……」

「如果發生交通事故，要是漢密斯也有戴眼鏡的話，要查案什麼的也比較方便呢。」

「喔喔！這話說的沒錯。想不到奇諾非常瞭解這套系統呢！那我們就

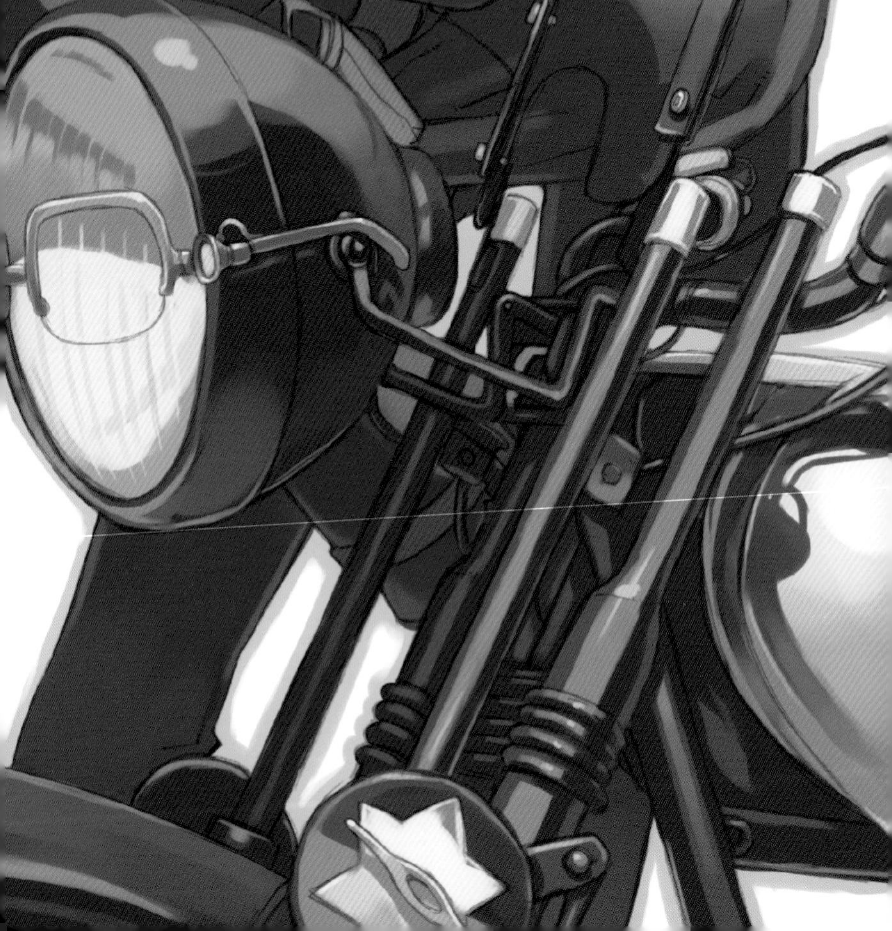

馬上製造一副讓漢密斯專用的眼鏡吧！」

於是，戴著眼鏡的奇諾跟漢密斯便在那個國家停留了三天。這段期間，她們休息、觀光、賣掉想賣的東西，也買了一些必需品。

這個國家的治安非常好，既沒有問題發生在她們身上，她們也沒有引發任何問題。

「我們連一次都沒有超速呢。」

接著，她們離境的時間到了。

「這眼鏡該怎麼辦？」

奇諾詢問站在西城門前的審查官。

「當入境者穿過城牆離開我國，就不必依法佩帶它了。請妳等一下把眼鏡交給外面的衛兵就可以了。況且，奇諾跟漢密斯並沒有做出任何違法的行為，因此裡面的記錄將會被刪除。這樣就不會侵犯到兩位的隱私。」

審查官說完之後，戴著眼鏡的奇

諾看了一下漢密斯的眼鏡。她若有所思之後，便開口問道：

「如果可以的話，這眼鏡是否能夠送給我們？——我希望到下一個國家的時候，能向他們介紹貴國有這麼了不起的系統。光是用講的，可能無法讓他們相信有如此高度的技術。」

「喔～」

審查官有一些驚訝，之後便說：

「既然這樣，就送給妳們吧。」

「請務必用它來介紹我國。只不過，它的電池再過兩天就會沒電，連帶著也會喪失它的機能。」

接著，奇諾跟漢密斯告別了審查官跟衛兵，朝著綠意盎然的草原向西前進。

「賺到了，真的是賺到了。」

背對著逐漸變小的城牆，奔馳在草原上的奇諾說了相當值得玩味的話。而且，有別於過去的防風眼鏡，目前戴在她臉上卻仍是那個國家的眼鏡。至於漢密斯的大燈上……

「啊～真是的，快把這鬼玩意拿走啦！」

也同樣掛著眼鏡。

「再等一下下啦，漢密斯。等完全看不到城牆，再幫你拿下來。」

「真受不了妳！」

等奇諾確定城牆頂端完全沒入地平線，便關掉漢密斯的引擎，停了下來。

奇諾從後輪旁的箱子裡，拿出一個像便當盒似的金屬盒。奇諾從來不攜帶非必要的物品，因此盒子裡面是空的。

然後，奇諾喃喃說著：

「啊——真不舒服。」

並且把漢密斯大燈上跟自己臉上的眼鏡摘下來，接著拿出一根小針，刺進記憶裝置的小洞。她不斷重覆往裡面戳幾下，然後隔幾秒再戳幾下的動作。不久，眼鏡發出「嗶嗶嗶」的聲音。對於另一副眼鏡，她也如法炮製。

「——ＯＫ。如此一來，它不僅停止了運作，也將我們的記錄全部刪除了。」

奇諾開心地說道，然後拿布把兩副眼鏡包起來。她小心翼翼地包好之後，再輕輕地放進金屬盒裡，接著把盒子收進後輪旁的箱子。

「到了下一個國家，我們再把這兩副眼鏡賣掉，這樣就能大賺一筆了。更何況，這兩副眼鏡還是免費的呢。」

奇諾開心地說道。身邊已經沒有機器會記錄下她所講的話了。

「奇諾，妳心腸真的很壞耶。」

漢密斯說道。完全不以為意的奇諾，則在盤算要怎麼利用那些錢大啖美食，或買新的內衣等等。

「然後，還要幫你換機油跟新輪胎。」

「贊成——那兒真是個不錯的國家呢。」

奇諾點頭表示贊同，隨後便發動漢密斯的引擎。

內心的想法，無法正確傳遞

—I know what you're thinking.—

序幕

「在沙灘，旅行的起始與終結」

—On the Beach · b—

序幕「在沙灘，旅行的起始與終結」

—On the Beach・b—

「奇諾……妳要走了嗎？」

「是的。抱歉，把你吵醒了。你繼續睡沒關係。我本來就打算不告而別，最好是一聲不響地離開。」

「就像欠債的人趁夜潛逃那樣。」

「哈哈哈……反正，你還是會被漢密斯的引擎聲吵醒的。」

「或許吧，奇諾的計劃常常都很『組略』。」

「你是說『粗略』嗎？」

「對，沒錯。」

「我已經把必要的注意事項全寫在那邊的紙條上。至於留下來的物品，你隨便拿去用沒關係，因為淨是我們帶不走的東西。不過，我有拿走三分之一的值錢東西。」

「嗯，知道了，這個分法還算公道。——最後，可以問妳一個問題嗎？」

「什麼問題？」

「妳幫了我這麼多、又很照顧我，追問妳這種事真有些不好意思……奇諾，妳從來沒有想過要找個地方生根嗎？也就是跟一群好友生活在一起，每天不必擔心沒地方睡覺，既安心又安定的生活。」

「這個嘛，就目前來說——並不想。就算是將來，我可能也不會考慮吧。」

「她這種想法，倒是幫了我好大的忙。因為對一台摩托車來說，能夠不停地旅行跟不停地移動，可是一大『星虎』呢。」

「你是說『幸福』嗎？」

「對，沒錯。」

「……………妳不覺得……辛苦嗎？」

「當然不可能只有樂趣。」

「…………」

「但也不全然是辛苦啦。」

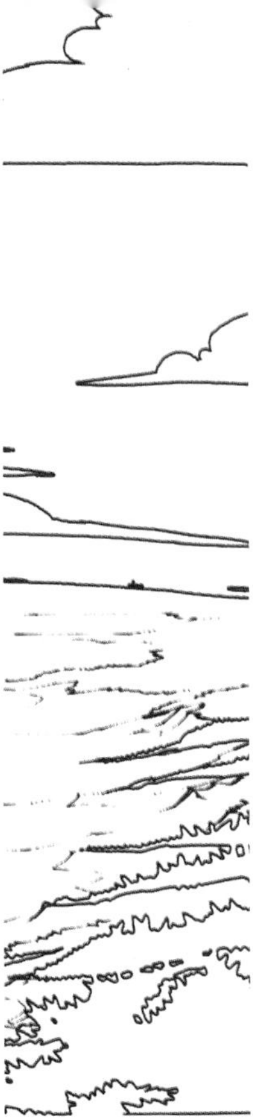

「是嗎?看來，世界上不會只有跟自己想法完全相同的人呢。」
「是啊。」
「我送妳們到前面吧。」
「不用了，你就待在她身邊吧。」
「是嗎……那麼我們就此道別了。你有話想對我說嗎?…………好像是沒有。」
「你們保重了。」「再見了，還有那隻笨狗。」
「謝謝妳幫了我這麼多忙。」
「啊?」
「我總覺得，自己一直沒有好好跟妳道聲謝。謝謝妳。」
「不客氣。雖然發生過這麼多事，不過我們還能像這樣繼續旅行，其實也算是——」
「『姐大歡喜』呢!」
「沒錯。……你是說『皆大歡喜』嗎?」
「對，沒錯。」
「是嗎……那麼我們就在這裡說再見了，後會有期。」
「後會有期。——可是……」

「可是什麼？」

「不，沒什麼。我是想說，只要我繼續旅行下去，總有一天會經過你的住處的。」

「……希望那個時候，我已經在那個地方落地生根。屆時，我會誠心歡迎妳的。」

「謝謝。」

「好久沒飆車了，感覺真是舒服。」

「就是說啊。對了，奇諾。」

「嗯？」

「妳雖然是那麼說啦，但是未來如果又跟那個人見面的話，到時候——」

「說的也是，那個人——」

「恐怕會嚇得魂都飛囉。」

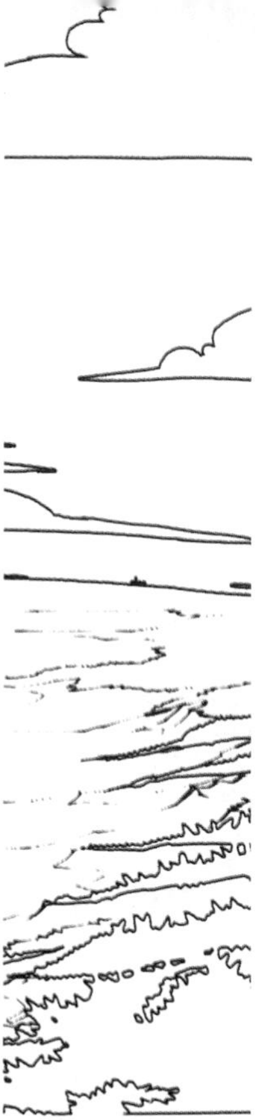

第一話
「有歷史之國」
—Don't look Back!—

第一話「有歷史之國」
—Don't look Back!—

有一輛車正奔馳在森林的道路上。

那是一輛狀況相當糟糕，看似隨時會拋錨的黃色破舊小車。它的排氣管噗噗噗地吐著白煙，喀咚喀咚地走在凹凸不平的馬路上。

蒼鬱的森林平地無限延伸。從東方地平線升起的太陽耀眼無比。這是一個鳥鳴婉轉、天氣涼爽的初夏早晨。

車上坐著兩個人。坐在右邊駕駛座、握著方向盤的，是一個身材略矮但長相俊俏的年輕男子。至於左邊的副駕駛座，則坐著一個長髮烏黑亮麗的妙齡女子。順帶一提，車子後方狹窄的後座塞著略髒的行李跟包包。

「師父。」

男子邊開車，邊開口說話。因為路況相當糟糕，他必須小心翼翼地轉動方向盤來調整路線。

「什麼事？」

被稱為師父的女子回答。

「差不多快到下一個國家了——」

接著，男子提議在那個國家賣掉手邊的寶石，用那些錢換取食物、燃料或是砂金。女子考慮了一下後回答：

「沒辦法，就照你提議的去做吧。不過——」

「盡量高價賣出對吧?這我知道啦!」

這時候，車子的前方已經看得到城牆的頂端。

那是一個面積不大，但看似富饒的國家。

入境之後，首先映入眼簾的是一望無際的田園景色。進入國家的中心，則淨是一排排石砌的集合住宅。寬敞的馬路旁設置著路燈，左右兩邊是緊緊並排的商店。街道相當美觀熱鬧。

「這個國家看起來很不錯的樣子。人口雖然稀少，但是別有一番風情。而且技術好像也蠻發達

「有歷史之國」
—Don't look Back!—

的。在這種國家，寶石應該能賣到不錯的價錢。」

坐在小黃車駕駛座的男子如此說道。馬路上熙來攘往的車輛裡，這是最髒、最破舊的一台。看似高級的車輛，還一面嘲笑、一面超前它。

「就轉賣東西的條件來說確實不錯，不過，市區裡的警察還真多呢。」

女子說道，男子也回答：「的確」。大清早在馬路上往來的行人雖多，但也不時看到身穿綠色制服、乍看之下像是士兵的警察。

「而且，剛剛入境審查也花了不少時間。看來那名衛兵也是武警吧。」

男子說道。這裡所謂的武警，指的是結合警察與軍隊的組織。

「就我的經驗來看，這種國家可是大意不得。」

男子稍微斜眼看了一下女子說這句話時的表情，然後問道：

「是因為治安不好的關係嗎？」

「不。——是礙於它的權力結構。總之，我們在這種國家要比往常更加安份。」

「……了解。」

這時候，車子在看似廉價的旅館門口停了下來。

「那麼，我去換錢了。」

在廉價旅館的小房間裡，男子如此說道。他的左腰雖然懸掛著四角形槍管的說服者（註：Persuader＝說服者，是槍械。在此指的是手槍），卻用身上穿的棕色薄夾克蓋住。他拿起背包，把裝有寶石的小袋子塞進懷裡。

「總之，你早點把事情辦完，這地方不宜久留，我們傍晚就離境吧。」

「知道了，我中午就會回來的。師父，妳就慢慢沖個澡吧。」

然而，說完這句話就出門的男子，卻過了中午都還沒回來。

男子到底是怎麼了呢？其實，是發生了這麼一件事。

男子來到位於熱鬧市區的珠寶店，並秀出自己手上的寶石。老闆先是嚇了一大跳，之後就咧嘴一笑。他走進店舖後方再走出來，並且開出令男子大為驚訝的價錢。男子一面想起女子滿足的表情，一面答應他的提議，接著就笑容滿面地走出店家。

「有歷史之國」
—Don't look Back!—

「前面的先生，請留步。」

當他一踏上大馬路，就被四名警察團團圍住。警察說：「你涉嫌持有違禁藥品。」

「啊？」

其他警察示意男子把手從口袋伸出來，然後讓他們看他握在手裡的小袋子。

「看，人贓俱獲吧。現在就以涉嫌持有違禁藥品的罪名逮捕你。」

男子剎那間興起在兩秒之內，拔出說服者射殺在場所有警察的念頭。

「…………」

但是，他重新考量過後便放棄了。

男子的說服者跟持有的物品全被沒收，並且被扣上手銬。在他坐上警車的時候，卻看到警察拿錢給珠寶店老闆的一幕。暗暗咒罵的男子，原本打算立刻擺平所有警察，搶奪警車，順便衝進那家珠寶店把老闆教訓一頓。

「…………」

結果，他重新考量過後便就此打住了。

「基於這個原因，我們逮捕了妳的男友。在我國，持有違禁藥品是一項重罪。接下來他將會接受審判，不過十年的刑期是跑不掉的。」

「原來如此。不過我要更正一件事，他不是我的『男友』，而是同伴。」

說這句話的女子，身處於這個國家中央的某棟大型建築物中的一個房間。建築物被寬廣的草坪所包圍，形狀呈八角形，整體的感覺又巨大又雄偉。

而建築物的正中央，有座高聳壯觀的鐘樓，東西南北四個方向都貼有巨大的鐘面。位於鐘樓屋頂的瞭望台，比國內任何一棟建築物都來得高，將三百六十度的視野盡收眼底。

這時候，隔著桌子坐在女子對面的是一名中年警官。他身穿綴有了不起的勳章跟刺繡的制服，傲慢地伸腿跨在桌上，往後靠著坐。他旁邊還站著幾名警察。透過百葉窗望出去的景色，在逐漸西下的夕陽照耀下，看起來相當美麗。

「他現在人在哪裡？」

女子開口詢問，中年警官說是在地下室的拘留所。

接著，女子順便詢問有關這棟建築物的事情，中年警官回答她，這裡過去曾是皇宮，是一棟歷

史悠久的建築物。如今這個國家沒有皇室體制，因此就被拿來充作各個政府機關的共同辦事處。中年警官還誇讚鐘塔是受到保護的文化遺產，他說：

「警察具有建築物的管理權，因此這裡實質上算是警察總部。想必世上再也找不到哪個國家，有這麼豪華的警察總部吧！」

說著，他就哇哈哈地笑了起來。

「原來如此，難怪會傳出有貪贓枉法的警察掌權的說法。果真跟我想的一模一樣。」

女子並沒有說出這種指責的話，反倒是……

「我已經瞭解整個來龍去脈了。但是，您也看到我們是旅行者，不曉得可否利用您的職權法外開恩，處罰他驅逐出境就好呢？」

「嗯～那妳願意付多少錢？」

聽到中年警官毫無避諱的詢問，女子說：「這個價錢如何？」，並在紙上寫出她的回答。誰也不曉得，那個價錢是否真是她全身上下所有的財產。

探出身子看了答案的中年警官說：

「不行，那麼一點錢沒辦法放人。」

他再次板起臉孔，搖了搖頭，然後說：

「勸妳最好也立刻出境。妳剛剛想賄賂警官這件事，我不會說出去的。」

女子繼續用她一貫冷靜的表情跟口氣說：

「我會的。反正，他本來就只是我在旅途中認識的陌生人。既然他因為做壞事而被捕，那也是沒辦法的事。我會把他丟下來，逕自離開的。」

「真是聰明的判斷。」

「我可以跟他道別，說最後一句話嗎？」

「不行耶，畢竟他是重大嫌犯。」

「要是您能夠幫這點忙，我會感激不盡的。」

女子一面說，一面從懷裡緩緩拿出一枚金幣。她先放在桌上，再拿剛剛寫答案的那張紙蓋起來。看到金幣的中年警官，表情變得柔和許多。

「嗯……反正妳是旅行者，那就破例允許妳跟罪犯會面吧。」

中年警官和女子，跟簇擁著他們的幾名警察一起離開房間，步向走廊。

「……………」

一路上，女子的眼神左右游移，觀察著每塊貼在房門上的牌子。在她周遭的警察們，完全沒發現她這個舉動。

於是這群人搭乘電梯到了地下室，然後穿過警察守備的拘留所入口。

他們走在左右兩邊是一整排鐵柵欄的走廊。沿途只見一間間擺放了床鋪、馬桶跟水龍頭的單調小房間。

然而，這些牢房裡只有一間關了人。就是那個長相俊俏，個子矮小的男子。坐在床上的他，聽到腳步聲而抬起頭來。當他認出被警察包圍住的女子，

「啊～大姐頭！妳是來保我出去的吧？」

他雙手握著鐵欄杆，開心地說道。可是，女子卻用冷酷的語氣說：

「瞧瞧你，給我惹這什麼麻煩。」

「咦……」

「我千叮嚀萬叮嚀，叫你別犯法的。」

「我哪有，我是被嫁禍的！」

「你應該知道，我最討厭給人家添麻煩了——你就待在這兒接受審判吧。我正趕著前去某個國家，可沒有多餘的時間等你。」

「怎麼這樣……」

握著鐵欄杆的男子，有氣無力地低下頭。

「我……從出生到現在，從沒做過任何一件壞事的說……」

「你就在這兒好好反省吧。」

女子的語氣堅決。她身邊的警察互相對看一眼，然後咯咯地笑了起來。

男子有氣無力地說：

「大姐頭，我的行李袋裡還有一些沒給妳看過的東西。妳到了下一個國家，就把它們賣掉換旅費吧，反正我已經用不上了。記得，價錢要賣高一點喲！畢竟我當初買的時候，還花了四百三十四枚銀幣呢。還有，我那些東西全送給妳吧。隨便妳想怎麼用都沒關係。」

「知道了，我會照你的話去做的。」

「有歷史之國」
—Don't look Back!—

聽完女子的回答，男子低著頭、神情落寞地走回床鋪。他趴在床上之後，把身體蜷縮了起來。

「可以了吧？」

「嗯。」

女子在中年警官的催促下，經過牢房前面往出口走去。

當她走回拘留所的入口，便向處理犯人事務的警察詢問男子持有的物品。接著，警察就把男子的說服者、槍袋、皮帶、背包跟小布袋等等拿了出來。

「他原本攜帶的寶石跟換來的現金呢？」

「嗯，我們認為那些是他準備用來購買違禁藥品的資金，已經當成證物全部沒收。」

中年警官說道。

「這樣啊。」

女子只這麼說了一句，然後就把男子的物品全裝進背包裡。

「那麼，各位保重了。」

說完就轉身離開了這棟建築物。

回到旅館的女子在悠哉休息之後，就拉上百葉窗。

然後把原本屬於男子的行李袋大大打開。底下有一個看起來非常堅固的塑膠盒子。它的大小跟厚度約等同於一本豪華百科全書，拿來K人還可能出人命呢。

盒子旁邊有號碼鎖。

「…………」

女子轉出四三四的號碼，毫不費勁地將它打開。然後再切開厚厚的軟墊之後，才看到裡面井然有序地收納著各式各樣的機器。

「……真是的。那個人之前到底做了些什麼？不過我就毫不客氣地拿來用了。」

她啪噠一聲把盒子闔上。

「首先是買東西，買完了就出境吧。」

然後，她獨自一人唸唸有詞起來。

夕陽把警察總部這棟建築物染成黃色。

高聳的鐘塔響起了鐘聲。

傳令的警官，前來晉見傲慢地伸腿往後坐的中年警官。

「之前來探監的那名女子，在剛剛不久前離境了。她大略買了一些攜帶糧食跟旅行用品，並沒有做出什麼怪異的舉動。」

「這樣……我還以為她會有什麼舉動的，真是太無趣了。不准再讓她入境喲，否則會有很多麻煩的。」

「是。然後正跟政治家們聚餐的長官要我傳話給您：『辛苦了，過陣子會把你應得的那份送過來。』」

「嗯，你們也表現得很好。」

「謝謝您的誇獎。——要怎麼處置那名男子呢？」

「是可以找個時機把他驅逐出境，不過判他在這裡替我們工作二十年也不錯。乾脆等一下擲骰子決定好了。」

夜晚，森林裡非常安靜。

沒有雲層籠罩的天空見不到月亮，只見繁星閃爍。

距離那個國家略遠的森林裡，停放著女子那輛破舊的小黃車。

坐在車旁，不曉得窸窸窣窣在忙些什麼的女子，

「好了。」

說完便站了起來。她把身上夾克的領口扣緊，戴上手套及針織帽，從外表看來是全身漆黑的打扮。右腰掛著她最愛的大口徑左輪手槍槍袋，背上則背著背包。然後她的臉上……

「原來如此，好有趣的道具哦。」

一個形如短小的狙擊鏡般、形狀奇特的筒狀物，就戴在左眼的位置。並且用帶子綁在頭上。

女子的左眼可以看到森林的景色，還有隨風搖曳的樹枝及走動的動物等等。透過鏡片看到的是靠機器拉近，以或深或淺的詭異綠色所構成的世界。

「原來是『夜視裝置』啊，好個有趣的東西。」

女子自言自語地說。

原來男子小心翼翼放在盒子裡的，首先便是那套夜視裝置，其他還有說服者專用的暗殺用滅音

「有歷史之國」
—Don't look Back!—

器，跟遇到金屬探測器不會起反應的暗殺用塑膠刀，跟從後面勒住目標脖子的暗殺用鋼索，跟能夠偽裝心臟病發作的暗殺用毒藥膠囊，以及前端能裝上毒藥膠囊的刺殺用鋼筆……等各式各樣的暗殺用品。

女子在森林行進的時候沒有發出一絲聲響。終於，來到她傍晚出境的國家的城牆旁邊。高大的黑色城牆直達雲霄地聳立著。

女子在確認附近沒有人監視之後，便從腰際拔出說服者。她按照分解的順序，把說服者前半部的槍管拔下，並從背包拿出其他槍管。

不過，那根槍管上有個奇怪的裝置。槍管前端插著胖胖的金屬瓶，是靠鐵絲將它牢牢固定住的。至於瓶底，則是整個挖空。

女子把它裝在左輪手槍主體，用大姆指把擊鐵往上扳，再將退殼桿拉下之後，用左手抓穩手槍，然後以瓶底對準城牆頂端。

她瞄準好目標之後，便扣下扳機。

砰！

槍聲小到聽不清楚，但左輪手槍卻因為後座力而劇烈震動。從金屬瓶擊出的是一根鐵鉤。是個形狀像船錨，有三個鉤爪的金屬物體。原本連同綁著的鋼索綑成一團的鉤爪，從瓶子咻咻地射出去。

鐵鉤發出微弱的聲音，撞到城牆頂端並勾住。女子動作迅速地將左輪手槍收進槍袋。

她用戴上厚皮手套的手，拉了幾次鋼索，確認鐵鉤勾住了城牆。

「接下來……。」

女子開始攀爬城牆。

正當女子一聲不響地爬上黑暗的城牆，

「呼哇啊……」

昏暗的拘留所裡，在床上翻身仰躺的男子打了個大哈欠。

「我看大概還要一些時間，先睡個覺好了。」

於是他再翻個身趴著睡覺。

在這國家的鬧區裡，雖然接近半夜，卻還有店家正顯得熱鬧非凡，酒客們也開心地進進出出。

有個背對巷弄的警察，正站在那條馬路的角落戒備。年輕的他無聊地望著馬路，閒得發慌地拿著警棍拍著自己的手掌。

此時，巷子的黑暗處伸出兩隻手臂，一隻捂住他的嘴巴，另一隻扣住他的脖子。不一會兒，手臂又無聲無息地縮回黑暗。

但是，卻沒有人發現馬路上消失了一名警察。

過了午夜。

鬧區回歸平靜，在躺了幾名爛醉如泥的醉漢的安靜大馬路上……

「砰！」

突然響起像是什麼東西漏氣，不過音量卻很大的聲音。

「咦？」

醉倒在附近的醉漢微微張開眼睛。映在他眼簾的竟是不斷冒著濃煙，並開始燃燒的垃圾箱。

「啊～啊。」

他一面自言自語，一面站起來。正當他悠哉地把雙手放在垃圾箱上面，想要取暖的那一瞬間，

「砰砰砰砰砰砰砰砰——！」

類似的爆炸聲，此起彼落地在馬路的四面八方響起。

「啥？」

這時候，瞪大眼睛的醉漢，看見整條馬路被開始燃燒的垃圾箱照得通明。

警車跟消防車響著警笛飛駛而來。

聽到這個聲音，關在拘留所裡的男子張開眼睛醒來。他坐在床上，大大地伸了個懶腰。

外面的警笛並沒有停止，並且遠遠聽到從建築物樓上跑下來的啪噠啪噠腳步聲。這種騷動非同小可。

在那場噪音當中，男子上完廁所，再洗了洗手跟臉，之後便開始做體操。

「一、二、三、四、五、六、七、八。」

他好好地鬆鬆筋骨，最後以深呼吸做為結束。

「接下來……」

男子握著鐵欄杆，用不輸給噪音的音量大喊：

「喂，警察先生！聲音怎麼這麼大？我被吵得睡不著耶！」

「囉唆！沒你的事，給我閉嘴！」

從拘留所入口傳來警察咒罵的聲音。

「咦～可是這聲音非比尋常耶。該不會是發生了什麼大事吧？」

「少囉唆！我還沒接到通知，正準備上去問呢！」

「是嗎？你好盡責哦，問到的話記得告訴我哦！」

「囉唆！——咕耶！」

「咦？你怎麼了嗎？」

在發出令人不舒服的慘叫之後，就再也沒聽到警察任何回應。

不過，這時候卻有一名警察，從通道走近男子的牢房。

「我就知道妳會回來，師父。——對不起，我太大意了。」

「真是個會惹麻煩的弟子。」

身穿警察制服的，是被稱為「師父」的女子。她換上警察制服，並把長髮綁起來藏在警帽底下。乍看之下，會以為是個長相清秀的男性。

女子用鑰匙迅速打開男子的牢房，並把自己帶來的背包放進去。

「裡面有你的說服者跟一套制服，快換上吧。」

男子拿了背包以後便開始換裝。他邊換邊問：

「我的玩具有派上用場嗎？」

「是有啦。——換好衣服就準備離開這裡吧。」

「怎麼逃？」

男子把脫下的衣服放進背包裡，這時的他也穿好了警察制服。

「待會兒，我們要在這棟建築物裡面晃一晃。」

「咦？不馬上逃走嗎？」

「現在要離境應該是很困難的事。城門已經上鎖，還加強了戒備呢。只靠兩個人的力量是無法突破重圍的。這裡很快就會有人來了。」

「有歷史之國」
—Don't look Back!—

「的確是沒錯……那要怎麼做呢？」

男子問道。

「如果是你，你會怎麼做？」

女子反問他。男子突然浮現出平常難得一見的認真眼神。

「這個嘛……我會潛藏在眾人找不到的地方，譬如說屋頂下方或下水道。而四處找我的人大概在三天後就找累了，屆時再偷偷地、或在最短的時間內進行密集攻擊，然後就立刻出境。」

「你這主意不錯，不過有點浪費時間。」

「是嗎？」

女子露出些許開心的表情，對滿臉失望的男子說：

「你那『大概三天後』的想法很正確，不過『潛藏』這點就錯了。」

「要不然咧？」

「我們要大肆破壞。首先去位於三樓的軍火庫跟糧倉。你在拘留所不是休息了好幾天？偶爾也該展現出自己最棒的實力，別讓身體變得遲鈍吧？從高處瞭望的景色相當美喲！」

「……沒錯！」

瞭解她話中含意的男子，露出開心而猙獰的笑容。

＊＊＊

「後來那兩個人怎麼樣了呢？奇諾。」

摩托車（註：兩輪的車子，尤其是指不在天空飛行的交通工具）問道。

那是一輛後輪跟上面都堆滿旅行用品的摩托車。此刻，它靜靜地奔馳在一條紅葉紛飛的森林小徑。

「嗯，後來啊——」

被稱為奇諾的摩托車騎士回答。她身穿棕色大衣，過長的衣襬則捲在雙腿上固定。她臉上戴著防風眼鏡，頭戴著附有耳罩的帽子。年紀相當輕，大約只有十五、六歲左右。

天氣秋高氣爽，萬里無雲。高掛天空的太陽正宣告現在是早晨。

奇諾一面悠哉地騎著摩托車，一面回答他的問題：

「師父不僅在馬路上，連警車跟發電所都裝了起火裝置跟炸彈，因此把警察總部搞成一團亂，所以他們不用變裝也能大大方方地進出。於是，兩人就先去了軍火庫。師父引起的騷動，讓警察隊幾乎全部出動，加上他們又打扮成警察，因此能在不讓人起疑的情況下進入軍火庫物色說服者。他們打量了急忙衝進來阻止的軍火庫守衛，然後在手推車上堆滿狙擊用步槍、小型連發式說服者及其專用子彈，還有炸彈等等武器。」

「哇~真可怕——這不就等於『畫蛇添足』（註：其實漢密斯是想說『如虎添翼』）嗎？」

「沒錯，漢密斯。」

奇諾也同意他的說法。這時候，叫作漢密斯的摩托車沉默了一陣子，然後又重新振作精神說：

「——呃……把師父的故事繼續說完吧。」

「嗯。把想要的武器全拿到手的兩人，接下來前往糧倉，一樣把攜帶糧食跟飲水全搬上手推車。因為他們的舉動太可疑，結果還不得不打昏在那兒附近守衛的三名警察呢。」

「然後呢？然後呢？」

「然後他們放出『這棟建築物也有設置炸彈』的消息，還刻意啟動警鈴，實際在幾個地方製造小火災，並四處丟擲煙幕彈，逼內部的人員全數撤離。最後，推著兩台手推車一起搭乘建築物中央的電梯到最頂樓。」

「最頂樓？他們沒逃走？我還以為他們會混在避難者當中，趁機逃走說。」
「事情完全相反。師父跟她的弟子到了鐘塔的屋頂，雖然空間不是很大，但畢竟是這個國家最高的場所，他們就帶著那些東西在上面佈陣，還把僅有一台的電梯鋼索炸斷，讓它掉到地下室去。」
「轟隆！」
「幾乎就在這個同時，天也亮了。逃到外面避難的人們，還有國內的騷動終於平靜下來。然後，他們瞄準疲憊歸來的警察們——」
「滋咻？」
「沒錯，他們從塔頂用步槍一一攻擊。他們射破汽車輪胎讓它無法動，再依序射擊從車內逃出來的人。從高處往下看，這些人得橫越過毫無遮蔽物的廣場，因此不可能打不中的。」
奇諾淡淡地說道，漢密斯又打趣地說：「好～可怕哦——」。
「他們是見一個殺一個嗎？」
漢密斯詢問，奇諾邊騎邊搖頭說：

「不，這就是師父她的厲害之處。她並沒有致人於死。」

「什麼?這話是什麼意思?」

「她故意不殺那些人。而且刻意避開頭部跟胸部，只瞄準腳部射擊。至於大腿有大血管通過，所以她也不射那個地方。她準確地用步槍射擊膝蓋或小腿，以及被打到也不會致命的地方。」

「我明白了，這樣她就能夠毫不客氣地，射殺那些衝出去營救呻吟的傷患的人囉?這是狙擊兵慣用的手法啦!」

「這你也猜錯了。」

「啥?」

「師父他們既沒有射擊爬著逃跑的人，也沒有射擊前來救助傷患的人。」

「為什麼?怎麼回事?」

「我也問了相同的問題。師父給了我時間想答案，但當時的我在聽完故事之後還是想不透。」

「算了，我也投降。繼續說下去吧，奇諾。」

「知道了。其實，那也是師父他們不逃走反而爬上鐘塔的原因。師父他們非常清楚，只靠他們兩個人是無法突破城門的。」

「對方為了不讓他們逃走，一定會派出大批人馬死守啊。」

「所以，他們在等待那些人說出『我們願意開城門，讓兩位離開』這句話。」
「喔——原來如此。所以他們才躲在鐘塔不下來，這下我真的明白了！」
漢密斯開心地揚起聲調，奇諾輕輕點著頭說：
「沒錯，他們是刻意躲在鐘塔狙擊任何接近的人。如此一來，那棟建築物便無法使用了，不僅會對每天在裡面工作的人造成困擾，也會逼得警察必須儘快解決這件事。只不過——」
「警察也怕會被擊中。」
「沒錯。而且師父之所以瞄準他們的腳，是因為那比『被開槍打死』還要可怕。要是大批的警察人馬看到同伴慘死槍下，鐵定會燃起復仇的怒火，並激起一股鬥爭心。但如果是看到腳部中槍的同伴因痛楚而哇哇大哭的模樣，就會想到『下一個該不會輪到自己……』，而開始退縮。對於以戰鬥為天職的人來說，劇痛比當場死亡更讓他們感到無比的恐懼，也會降低他們的士氣。」
「原來如此啊——」
「而且，為了顧及顏面，警察隊也很努力呢。他們同時從建築物兩側衝進去，還在卡車上裝了裝

甲。」

「但還是無濟於事。」

「除了師父之外，遭到嫁禍被捕的弟子也好像殺紅了眼。他那密不透風的狙擊，把衝進建築物的部隊全送進了醫院。好幾輛救護車來來往往後，正當事情暫且告一段落的中午，從樓頂上掉下了一封信。那當然也是用警察的用品寫的。」

「上面寫些什麼啊？會是『如果不想再看到有人受傷，立刻讓我們出境』之類的話嗎？」

「不是的。裡面的內容不是那麼明顯的要脅字句，大概是這樣——

『敬啟者：

您好，風兒送來的夏意漸濃，敬祝各位警察身體日益健康。以下是有關我個人的私事：這次，我們這兩名罪大惡極的惡徒，已經打定主意葬身於此，而且會竭盡全力躲在這裡大肆破壞，直到彈盡源絕。請念在我們兩人初出茅廬，這次還望各位多多賜教。

謹啟

附註：我們已在鐘塔的階梯裝置了一大堆炸彈，如果不想失去這棟具有歷史性的建築物，敬請避免使用階梯。』」

當奇諾說完，整座森林只聽得見漢密斯順暢的引擎聲。

不久，漢密斯小聲地說：

「好可怕哦。」

「嗯，是很可怕。——我是不曉得當時的警察心裡作何感想，不過，事後他們應該很後悔沒有早點放走他們兩人吧。」

「好可怕哦。」

「嗯，是很可怕。——後來，這場騷動當然也驚動了媒體，結果全國人民都知道了這件事，連廣播電台都來做現場轉播呢。」

「真是有夠白癡。」

「沒錯，師父也那麼說。因為師父他們也是經由收音機，才能清楚掌握警方的動向。結果到了那天晚上，警察隊雖然數次嘗試潛入，卻都被師父的弟子用附有夜視裝置的步槍反擊。——後來，他們兩人就在輪流休息睡覺、進食飲水的情況下，在那兒待了好幾天。」

「結果僵持了幾天？」

漢密斯詢問。

「聽說是三天三夜。」

奇諾回答。

「情況是——

『啊——裡面的兩個人有聽到我說話嗎？你們已經無處可逃了！那裡將是你們的葬身之地！如果不想死在那裡面的話，我們會讓你們遊街示眾之後，再處以絞刑的！勸你們還是死心吧！』

滋咻！

『你們已經被完全包圍了！所以快點棄械投降吧！只要你們肯乖乖投降，或許還能饒你們不死！』

滋咻！

『你們還有什麼話想說嗎？要不要說出來給寬宏大量的我們聽聽？』

滋咻！

『您們兩位，我方準備派代表跟你們進行交涉，不會讓你們吃虧的哦。』

砰砰砰砰砰！

『呃——您們好嗎？我們有事想跟您商量，能否暫時停戰，對雙方都有好處，您意下如何？』

噠噠噠噠噠！

『早安，我有話要告訴兩位。如果您們希望出境的話，我們很樂意允許兩位離開的。』

砰砰砰砰砰砰！

『有事想請求兩位幫忙。拜託您們息怒，並且離開我們國家吧。』

滋咚！啪鏗！轟隆！

『拜託拜託。我是真心誠意懇求您們快點住手。拜託啦——』

滋咻！滋砰砰砰砰砰！噠噠噠噠！咻！滋咻！咚咚咚！滋咚！砰砰！咻——！

『救命啊——不要再打了啦——』

「既然你都這麼說了，那我們就決定不死在這裡，乖乖離開這個國家。」

『真、真的嗎？』

「有歷史之國」
—Don't look Back!—

「不過，你願意出多少？」

『…………』

「你願意出多少啊？」

『…………呃——我寫在這上面的價碼，您覺得如何？』

滋咻！

『我再加價！』

——反正大概就是這個感覺。」

「真是個魔鬼。」

「結果，那個國家也明白讓情況拖延下去只會增加傷患，不如用『驅逐出境』的名目，還能夠減低被害的程度。至於師父他們，不但從政府那兒搶了錢，還挾持帶那些錢給他們的警察長官當人質，讓人開著警車護送他們到城門呢。」

「真是可喜可賀啊。故事說完了。唉～好個精彩的故事。——逐漸看得到了哦。」

奇諾跟漢密斯奔馳在森林裡。前方正如漢密斯所說，開始慢慢看得見城牆的頂端。

奇諾說：

「真是剛好。因此在那個國家，我們從何處得到『卡農』這件事算是秘密。就說是在跳蚤市場『買』的。至於師父的事情，當然也要絕口不提。」

「了解。」

「不過，進入那個國家之後，我倒想知道那個故事後來是如何被流傳呢。」

「畢竟，那可是歷史上的一件大事啊。」

「只要師父沒有說謊或吹牛的話啦。」

「但是有一些小地方，我覺得無法置信耶——」

「嗯……」

「但如果是那個人，又很可能做得出來。」

「嗯……」

奇諾突然邊騎著漢密斯，邊回頭望。她看著這一路奔馳而來不見任何人，且落葉紛紛的道路。

「放心，沒看到沒看到。」

漢密斯說道。
「所以，妳還是看著前面騎啦！」

奇諾入境時剛好是正午時刻。
奇諾跟漢密斯站在四周都是草坪、中央是鐘塔的八角形建築物前方。他們在通往建築物的筆直道路旁停下來。在秋天的晴朗天空下，不少人坐在草坪上開心地用餐。其中也有幾個警察。
「都市裡保存著富有歷史性的建築物，是件非常好的事呢。」
漢密斯說道，奇諾也表示贊同。
「是啊。」
「而且又是八角形，應該就是它了。」
「還有鐘塔呢。」
奇諾說完，便發動漢密斯環繞建築物四周的道路。
「奇諾，速度慢一點。」
「嗯？」
聽到漢密斯的提醒，奇諾稍稍放鬆右手的油門。漢密斯說，建築物的入口旁邊有塊石碑，於是奇諾就轉往那個方向去。

奇諾把漢密斯停在石碑前面，並且關掉引擎。形狀不是很大的石碑，就靜靜地座落在草坪上。碑上刻有細小的文字。奇諾用腳架把漢密斯撐起來，走到石碑前，然後蹲下。

「奇諾妳擋住了，我看不到啦。上面寫些什麼？」

漢密斯問。

「字太小了，好難辨認哦……這應該不是用來紀念開工的吧……」

正當奇諾喃喃自語的時候，

「那個石碑啊！」

「哇！」

突然從後面傳來好大的聲音，把漢密斯嚇了一跳。奇諾站起身來回頭看。

她的背後站著一名拄著枴杖的禿頭老人。外表看起來年紀相當大了，還帶著一名年約四、五歲，不曉得是孫女或曾孫的小女孩。

「有歷史之國」
—Don't look Back!—

「抱歉，嚇到妳們了。那塊石碑，是用來紀念拯救我國的兩位勇者喲！」

聽到老人這麼說，漢密斯問：

「兩位……勇者？」

奇諾摘下帽子向老人跟小女孩打招呼，然後說：

「我是個旅行者，不過對各國的歷史很有興趣，可否請你告訴我呢？」

老人笑嘻嘻地說：

「當然可以。當我還年輕的時候，這國家正處於政府腐敗、強權橫行的情況呢。」

「是嗎？然後呢、然後呢？」

「官商勾結的警察幹盡壞事，使得整個國家瀰漫著邪惡的氣氛。就在那時，兩名充滿正義感的入境旅行者說：『這樣下去怎麼行！』『他們的做法是錯誤的！』，於是挺身而出，替百姓討回公道。」

漢密斯對語氣強而有力的老人開心地回應：

「然後呢？然後呢？」

「然後，那兩個人以民眾的力量為後盾，來到這棟建築物——就他們兩個人，到這棟曾是政府機關的建築物陳情。」

「好了不起哦！」

「那兩位英雄真的充滿了正義感跟勇氣。當時，他們跟政府官員激烈辯論了四天。最後我國的政治家跟警察高官被那兩人的熱誠打動，也對自己過去的所作所為感到羞恥，從此以後就不再做任何壞事了。多虧他們的幫忙，才讓這個國家現在變得既富裕又幸福。真是可喜可賀啊！故事說完了。」

當老人把故事說完，

「爺爺講的故事永遠都是『可喜可賀』的結局！」

他牽著的小女孩開心地蹦蹦跳跳著說。

「好了、好了，妳這樣又蹦又跳的，會害爺爺跌倒喲！」

老人笑著責備小女孩。

奇諾說：

「原來如此，原來它是這麼具有歷史價值的紀念碑啊。」

「一點也沒錯。直到現在，政府還把『正義旅行者的故事』編入歷史教科書裡呢。等這孩子長大以後，就會在學校唸到了。」

奇諾向老人道謝後，又問：

「抱歉，改變一下話題——請問你的腳是怎麼了？怎麼這個國家的老人……尤其是男性，大多都拄著枴杖呢？」

老人的表情僵硬了約五秒左右。小女孩則滿臉不可思議，仰頭望著她爺爺。

「真、真是的！——像我這個年紀的人，很多都天生腳不太方便。所所所以製造枴杖的人才才有錢賺呀～」

老人的表情依舊僵硬，很快地把前後矛盾的台詞一口氣說完，接著「哇哈哈哈」地邊笑邊手持枴杖，跛著腳跟小女孩一起離開。

目送兩人離開之後，

「漢密斯，怎麼辦？要看石碑上的字嗎？」

面對奇諾的問題，

「算了。」

漢密斯立刻回答。奇諾戴上帽子，跨上漢密斯，並發動引擎。

她背對建築物，騎著漢密斯慢慢往前行駛。這時候，她們倆用別人聽不到的聲音交談了起來。

「妳覺得呢？到底哪一邊才是真的啊，奇諾？」

「你應該也心知肚明吧，漢密斯。」

「是沒錯啦。我是覺得這國家還真樂觀，不過樂觀是件好事喲。」

聽了漢密斯這句話，

「就某種意義來說，或許是吧。」

奇諾邊微笑邊表示贊同。然後，

「不過，如果師父再來的話，不曉得會變成怎麼樣？」

漢密斯不經意地補上這一句。

奇諾突然邊騎著漢密斯，邊回頭望。她看著這一路奔馳而來的道路，以及那棟附有鐘塔的大型建築物。

「放心，沒看到沒看到。」

漢密斯說道。

「所以，妳還是看著前面騎啦！」

「有歷史之國」
—Don't look Back!—

第二話

「愛的故事」

—Dinner Party—

第二話「愛的故事」

—Dinner Party—

這座剛迎接冬季的山裡，有一條路。

在一連串緩坡的群山裡，樹葉灑上秋意的纖細樹木稀疏佇立。放眼望去只見單調的棕色，感覺相當乏味。

上午的陽光相當耀眼，美麗的藍色晴空與森林產生相當鮮明的色差。但是偶爾吹過的風，卻讓人覺得又冷又乾。

道路像是把群山縫合起來似地，以水平的方式爬上山坡。路面上沒有落葉，更使因空氣乾燥而緊實的泥土裸露在外。至於寬度，大概僅夠一輛車行駛。

這時候，有一輛摩托車正往前行駛。

那是一輛後輪兩旁都裝了箱子，上頭擺了旅行用品的摩托車。它在乾燥的道路上，一面揚起薄薄的沙塵，一面奔馳著。前進的方向差不多是正西方。

騎士身穿棕色的長大衣，過長的下襬則捲在兩腿上。她戴著附有帽沿跟耳罩的帽子，以及四處斑駁的銀框防風眼鏡。
她在轉彎前鬆開油門減速，邊看著前方邊傾斜摩托車車身，進入直線之後又立刻加速。就這樣越過一座山頭之後，不一會兒眼前又出現另一座山。
摩托車走著走著，
「啊……」
那名騎士開口發出聲音，不過卻是有氣無力。
「妳怎麼了，奇諾？」
摩托車問道。叫做奇諾的騎士小聲地回答：
「肚子好餓哦～」
「既然這樣，就快停下來休息！要是妳空腹餓倒的話──」
聽到摩托車的抗議，
「知道了、知道了，你又要說騎摩托車是一種運動之類的，光是騎車就很耗力氣了，所以早就該

——你這些話我已經聽到耳朵快長繭了喲，漢密斯。」

奇諾如此回話。叫做漢密斯的摩托車則語氣無奈地回答：

「誰叫妳要明知故犯！」

「這都要怪那個國家，不應該滅亡的。」

奇諾一面轉彎一面說。接著又繼續：

「不然，我原本預定要慢慢享受許久沒碰的美食說。」

「請節哀順變，奇諾。雖然那裡看起來才荒廢沒多久，但是狀況真的滿慘的。而且連半點食物都沒有，只有散佈四處的白骨跟屍體。」

「最羨慕你了啦，至少還能從廢棄車輛收集一大堆燃料。……也因為這樣，害我得忍受好久沒聞到的討厭燃料味。」

「真是苦了妳了。」

「謝謝。而且，這座森林的果實還真少……我還在想說，有沒有什麼可以拿來填飽肚子的動物，所以從剛剛就一直在注意呢。」

「有的話就要一槍射殺牠嗎？可是，別說是鹿了，連隻松鼠都沒看見呢。」

「是啊……」

於是，奇諾跟漢密斯又繼續沉默地往前行。

時間差不多接近中午。當她們好不容易爬完眼前的坡道，要越過坡度緩和的山峰時，眼前突然出現一大片盆地。

而且，裡面還有人。

「他們是誰啊，奇諾？」

「不曉得……」

奇諾跟漢密斯慢慢走下坡道，原本在山區的他們已經來到了盆地。那是一塊不見任何草木的乾涸土地。

路的前方聚集了許多人，而且超過數百名以上，彷彿快把盆地中央都淹沒了。其中，還有類似帳篷的物體。

「看他們的樣子，好像不是很快樂耶。」

「愛的故事」
—Dinner Party—

「會是難民嗎……」

漢密斯與奇諾說道。漢密斯也同意奇諾的說法。

聚集的人群像黑色絨毯似地掩蓋住盆地。也因為人太多的關係，根本看不見他們腳下的土地。道路朝他們中間繼續延伸，只見黑色人群裡依稀可見棕色的細線，而人群的後方地面有個正張著口的大坑洞。

奇諾跟漢密斯繼續下坡接近他們。

不過，眼前那些人個個都模樣可怕。

在寒冷的氣候中，所有人卻都衣衫襤褸，而且每個人都像生了病似地消瘦，臉頰凹陷、骨瘦如柴。骯髒的臉龐，更凸顯出眼神空洞的一雙大眼。那些人啥事也沒做，不是坐著就是閒躺著；甚至有人只是躺在地上呼吸，幾乎動也不動。而搭建在四處的帳篷裡面則是擠滿了人。

奇諾把漢密斯停在那團人群的前面。

「哇塞，這到底有多少人呢？」

「不曉得……位於左邊斜坡的帳篷，好像跟其他的不太一樣。」

距離稍遠的南方斜坡上也搭有帳篷，看得到有人出沒。

「那看起來好像是軍隊，不僅身穿制服，還有人佩帶說服者呢。」

漢密斯說道，然後問：「現在怎麼辦？」。

「如果要溝通的話，希望他們是一群講得通的人。」

奇諾說道，漢密斯也表示同意地說「那當然」。

奇諾敞開大衣前襟，披著它繼續騎著漢密斯前進。大衣一面隨風緩緩飄揚，她們也一面接近衣衫襤褸的人們。

大部分的人都用呆滯的眼神望著她們，其中也有人站了起來，幾乎都是成年男子，而且手上還握著棒狀物。

他們走到馬路上，並擋住奇諾的去路，瞪著慢慢接近的摩托車。

看到前方那些人的模樣，漢密斯說：

「我覺得他們好像想攻擊妳耶，因為妳看起來一定很好吃！」

「那就傷腦筋了。」

奇諾用她一貫的口氣回答。

「要不要打他們兩三拳？」

「剛剛我不是說過肚子餓嗎？——非常喔。」

「喔，妳竟然還用倒抓雞來刻意強調。」

漢密斯說完之後，兩人沉默了幾秒，不過在那短短的時間內，那群男人們轉而走向擋住道路的黑色人群。

不久後，奇諾問漢密斯：

「……呃——你是說『倒裝句』嗎？」

「對，沒錯。」

說完之後，漢密斯仍然意猶未盡：

「妳反應變得好遲鈍哦，看來妳是真的肚子餓了。」

「對不起，請讓路好嗎？」

奇諾說道，並且把漢密斯停在黑色人群的最前方，擋在路上、瞪著她們的那群男人前面。不過，她並沒有把引擎熄火，仍舊跨坐在漢密斯上面。

「…………」

男人們什麼話也不說，只是用他們瘦得像鬼一般的臉看著她們。

「各位——小心粗魯騎士奇諾會輾過你們喲！」

漢密斯說道。奇諾嘟囔著說「太過份了」。

不久，

「……隨便什麼都行。」

其中一名男人有氣無力地說道。

「什麼？」

「隨便什麼都行……請分一點食物給我們……就算只有一點點也沒關係……我們大家肚子都餓了。」

對於那個男人的要求，

「我也餓了。」

奇諾立刻回答。

然後，她把手伸向右腰。從大衣底下露出的手中，早已握著一把掌中說服者。那是奇諾稱之為「卡農」的大口徑左輪手槍。

看到那把說服者，男人們嘆了口氣，就不敢再說話了。

過了沒多久，突然響起尖銳的槍聲。

聲音是從人群中央發出的。男人們回頭看了一眼，隨即腳步蹣跚地閃到路旁。只見一輛四輪驅動車，正朝奇諾她們這邊駛來，車速快到彷彿想把路旁的人們全都撞倒。坐在上面的，是四名身穿綠色軍服的士兵。他們還拿著手上的說服者，朝空中開了好幾槍示警。

四輪驅動車停在把「卡農」收回槍袋的奇諾面前。其中一名坐在副駕駛座的人，告訴她可以跟在他們車後，直到通過這條路為止。奇諾用手勢回答「瞭解了」之後，四輪驅動車就轉了一圈改變方向。

搭載手持說服者、紀律嚴謹的士兵，四輪驅動車跑在難民夾道的路上，奇諾跟漢密斯則跟在它後面。這兩輛車的模樣，映在幾百雙眼神呆滯的瞳孔裡。

通過人群的一半左右，出現一條通往南方的彎路。四輪驅動車立刻彎了過去，奇諾也跟著轉彎。再次穿過難民群後，不久道路就變成緩和的上坡道。穿過整群難民，便來到剛剛看到的帳篷前，一道以原木圍成的柵欄。

這條路設有進出的柵門，數名手持說服者的士兵在那兒看守。當四輪驅動車接近，塗成紅白相間的橫棍便往上升。當奇諾通過之後，就馬上降下。

那裡是軍隊駐紮的營區。綠色的帳篷等間隔地排列，士兵有些站著戒備，有些則坐著休息。停放在一旁的車輛及卡車的旁邊，則擺放著燃料桶。

奇諾把漢密斯停下來，摘下帽子跟防風眼鏡。在士兵們的注視下，從四輪驅動車副駕駛座下車的男人慢慢走向她們。奇諾對他輕輕點頭敬禮。

「哎呀~真是太危險了。要是旅行者妳拿一塊糖果給他們吃的話，可能會被擁上來的人群拉扯致死呢！」

「我想也是。」

「由於我們只能在保護同伴跟裝備的情況下動用武力，要是旅行者遭到攻擊的話，我們是無法出手相救的喲！」

「是嗎？不過你們還是幫了我好大的忙，謝謝。」

奇諾向那男人道謝，

「沒什麼。我們只不過是在定時巡邏的時候『碰巧』遇到妳們而已。——只能說妳們運氣比較好。」

那男人睜眼說瞎話地說完之後，便帶奇諾跟漢密斯到其中一頂帳篷。它只由營柱跟屋頂構成，獨自搭在較遠的位置。

裡面有幾名制服上綴滿裝飾及勳章，年齡及階級也較高的將校圍桌而坐。

「我們『碰巧』遇到路過的旅行者，於是把她們帶了回來。」

「是嗎？辛苦你了，上士，你可以退下了。」

上士敬完禮離開之後，奇諾便開始自我介紹，也介紹了漢密斯。

其中有個人留著左右尖尖翹翹的鬍鬚，散發出身分高尚的氣質。他介紹自己是部隊長，也是一名將軍。然後又說，他們是這附近某個國家的軍隊。

「發生過什麼事嗎？」

漢密斯簡單地問道。從目前所在的位置，可清楚看見柵欄後方斜坡下的盆地底部，以及那群難民。

「你是指他們嗎?嗯，我就回答你吧。」

將軍一面撫著鬍鬚，一面說道。接著又看著那些難民說：

「這附近有許多小國家，原本他們是離這裡不遠處的某個東方國家的百姓。」

「我們昨天有路過那裡，而且的確都沒半個人，狀況滿慘的呢。」

「這樣我解釋起來就方便多了。——近幾年來，由於這一帶的夏季氣候過於涼爽而無法耕作，導致欠收的狀況破了有史以來的紀錄。加上那個國家的官員們怠忽職守，完全無法解決糧食危機，最後使得國家走上滅亡一途。雖然有能力的人可以逃得遠遠的，但是大部分的人都因為束手無策而淪落為饑民，並且聚集到這個盆地。」

「嗯嗯，那鄰國是否有意伸出援手呢?」

「嗯，可以的話，大家當然願意那麼做。但是我國跟其他鄰國都一樣欠收，實在是沒有餘力幫助他們。」

「原來如此。」

「我國跟鄰國為了避免他們湧進國內，逼不得已只好決定把他們限制在這塊盆地裡，然後像這樣派遣軍隊，定時輪班監視他們。」

「他們會怎麼樣呢？」

奇諾問道。將軍回答：

「就是坐以待斃了。像現在每天都有許多人死於飢餓或疾病，不久之後或許會演變成一天內死幾十個人，等到春天的時候，這裡可能就沒半個人了吧。至於我們的工作，就是持續負責把屍體往大坑洞裡丟，並且從上面撒石灰而已。」

「原來如此。」

奇諾說道。這時候，微微的冷風吹起，不僅吹動她的大衣，還順勢往下吹過盆地。

「對了，旅行者。」

將軍面向奇諾，並且用略帶壞心的眼神看她。

「什麼事？」

「差不多快中午了，我們也準備要開伙——要不要一起用餐呢？」

「非常好吃，我好感動哦。」

只有屋頂的帳篷下，將校們跟身穿黑色夾克、脖子圍著餐巾的奇諾坐在長條形的桌子前。桌上擺滿了供將軍及高階將校們享用的豪華午餐。

這天午餐的主菜，是淋上蔓越莓醬的多汁厚片烤火腿排，還有水煮香腸加酸菜。配菜是在寒冷的空氣裡不斷冒出蒸氣，熱騰騰的水煮胡蘿蔔加綠色花椰菜的燙蔬菜沙拉，上面還拌了剛做好的沙拉醬。另外還有名為「德國石頭麵包」的軍用裸麥麵包跟瓶裝無鹽奶油，以及蘋果、梨子、葡萄等水果，再配上裝在茶壺裡的熱茶，跟用來加在茶裡的金黃色蜂蜜。

受邀共進午餐的奇諾，爽快地說：「那就不客氣了！」，便跟著他們坐上餐桌。將軍說：「那麼請不要客氣」，見到食物便眼睛發亮的她也果真毫不客氣地吃起午餐。停放在後面的漢密斯，則是沉默不語。

「……很高興妳這麼喜歡。」

被她的食量嚇到的將軍，笑得很假地說。

從奇諾她們目前坐的位置，可清楚看見斜坡下方那群因飢餓與絕望而受苦的難民們。美食的香

「愛的故事」
—Dinner Party—

味，隨著風傳送到他們的鼻腔。
坐在餐桌前的奇諾，以不至狼吞虎嚥的氣勢吃著這些美食。
「將軍先生，這個黑麵包，是我有生以來吃過最好吃的呢。」
「那真是太好了，等一下我會把妳的讚美轉達給製麵包部隊的。」
「那就有勞你了。」
將軍詢問切下一大塊火腿排送進嘴裡的奇諾：
「對了，旅行者——旅行期間最需要也最常具備的情感，是不是『冷酷』呢？」
吃完火腿的奇諾回答：
「不是的。」
「是嗎？那不然是什麼？」
「是對自己的愛情。我學習到無論面臨什麼狀況，愛自己都要勝過愛別人。——這火腿非常好吃。」
「那我們先告辭了，旅行者妳慢用。」
「謝謝你，將軍。」

大鬍子將軍跟其他將校吃得差不多之後，便離開了餐桌。不過大部分的碗盤都殘留著食物。

現在，只剩下奇諾跟另一名將校繼續用餐。

那是一名略胖的將校。他的身體跟臉都胖嘟嘟的，身上的軍服看起來似乎很緊。

他的動作緩慢，卻很仔細地把自己碗盤裡的食物吃得一乾二淨。

「……嗯？喔喔。」

他察覺到奇諾的眼神，於是輕輕露出和藹可親的笑容，然後說：

「我正在努力不要讓東西剩下。」

把自己碗盤裡的食物全吃光的奇諾，一面用餐巾擦嘴巴一面看著他。當他把最後一朵綠色花椰菜送進嘴裡，便把整盤的東西掃完了。

「我知道這算是自我滿足——」

他開始對慢慢喝著茶的奇諾說：

「不過，看到眼前不斷有人餓死，而且自己又無能為力，那至少也該把眼前的食物全部吃光才

對。」

「原來如此。」

奇諾回答的語氣並沒有特別感動，也不帶任何諷刺。

「但是，也因此害我來了這裡之後變胖不少。——不曉得旅行者妳有什麼不讓自己發胖的訣竅呢？」

聽到他的詢問，奇諾一面說「這個嘛……」一面思考，然後說：

「只要騎一整天的摩托車，就不會發胖了。」

她如此回答。

兩人喝完茶並對所有的食物表示感恩之後，便起身離開餐桌。

一個人回去執行任務，另一個則繼續她的旅程。

第三話
「收音機之國」
—Entertainer—

第三話「收音機之國」
—Entertainer—

『收聽國營廣播電台的各位，大家晚安。抱歉讓各位久等了。又到了每週兩次，也是國營廣播電台最受歡迎的節目——「今晚史凱路茲（註：史凱路茲＝Scherzi，在義大利話中指『玩笑』的意思）哪裡有問題？」的時間。今晚，他將以其獨特敏銳的觀察力，告訴大家各式各樣的大小事情。還有，上次在節目裡討論的「浪費電等於浪費精神」的話題，我們收到許多的電話跟來信，非常謝謝各位聽眾。——那麼，史凱路茲，今天也要麻煩你囉！』

『大家晚安，也請多多指教。』

『那就馬上進入今晚的話題，也就是「旅行者」。』

『沒錯，就是「旅行者」。這次我們就從這個話題開始聊。』

『為什麼要討論這個話題呢？』

『是的。——我想，大家都知道四天前曾有個旅行者入境我們國家，他直到昨天傍晚才離境，可能有些聽眾甚至還親眼見過他。』

『他這次的來訪，還上了電視新聞呢。他是一名騎著摩托車、名叫奇諾的旅行者。其實，我國已經有五年多不見像他這種並非四處做生意的商人，而是純粹旅行的訪客呢。』

『因此，在得知有其他國家的人來到我們這個小國時，想必我們聽眾之中也有不少人感到非常開心。有人因為「我們並不孤獨」而感到高興，也有人看到旅行者平安結束我國的旅程並帶著笑容離開，應該也很安心我們並沒怠慢這位遠客。』

『是啊，我猜想有那種想法的人應該不在少數。畢竟很久沒有旅行者造訪我國了。聽說，政治家們還在用稅金建造的宿舍餐廳裡，幫她開歡迎午餐會呢。至於他們的名字在此就不公佈了。』

『如果想要盡地主之誼，的確是該那麼做。不過請等一下，事情真的圓滿到讓大家覺得「啊～太好了、太好了」嗎？——而這就是我們要討論的主題。』

『你的意思是？』

『我就直截了當說結論好了——我認為那名旅行者是假的。』

『咦？你是說他並非真的旅行者？』

「收音機之國」
—Entertainer—

『沒錯，我這裡有很多「疑點」，足以讓我下這個結論。在進入今天的主題以前，讓我先提出來給大家參考看看。首先是旅行者的年齡。』

『他真的很年輕，大概只有十五、六歲左右。』

『沒錯。甚至還有媒體沒有多加考慮，就隨便報導出對於他的年輕的訝異及感動。但是，這裡就出現一個疑點了。他那麼年輕就一個人出來旅行，就一般常識來說應該是不可能吧？為什麼大家都沒發現到呢？』

『嗯……經你這麼一說，的確是……』

『就算每個國家的民情不同，但是那個年紀的孩子，這時候應該都還在就學吧？況且，一般父母有可能允許他那樣的行動嗎？』

『啊，但不是也有「愛孩子就讓他去旅行」的說法嗎？』

『那是過去常聽到的諺語，不過大家都誤會其中的意思了。那是在過去出門旅行只會嘗到一連串辛苦的時代，所創造出來的話喲。那跟「讓孩子多吃點苦」、「多鞭策孩子，不要讓他變得沒出息」的意思幾乎差不多。——更何況，目前在沒有任何法律拘束的國家之間旅行是極其危險的事情，更凸顯出了下一個奇怪的問題。』

『喔？那是什麼呢？』

『就是像他那樣的少年，往來於危機四伏的大地，實在是很不合理的事。』

『原來如此……不過，我記得他身上不是有佩帶說服者？』

『他的確應該佩帶的。又不是傳說中的巨人，的確不可能有人敢不帶武器就外出旅行。——不過，他也真是失敗，竟然會讓我指正出「那點」。』

『你所謂的「那點」是？』

『就是懸掛在他右腰的說服者。我曾經看過照片，那是六連發的大口徑左輪手槍。』

『那何謂失敗呢？』

『那種說服者，根本就不適合旅行者攜帶喲。接下來我要講的可能有些專業，那把左輪手槍，是必須把火藥跟子彈以及點火的雷管分別塞進彈倉的類型，跟現在我們一般看到只把彈藥裝在彈殼裡的並不相同，屬於舊式的槍枝。』

『這樣啊。不過，是舊式槍枝又怎麼樣呢？』

『這種槍在開完六槍之後，光是裝填子彈就要耗費很多時間。現在已經有一次可連開二十發、甚至是三十發子彈的自動連發式說服者，再怎麼樣也不需要用那種老古董吧……』
『比喻來說的話，就是「有鋼筆還拿羽毛墨水筆書寫」是嗎？』
『沒錯沒錯，那樣就說得通了。旅行用的護身武器，本來就該挑選性能實用的，外面的社會可沒那麼和平，只要拿把自己喜歡的古董槍裝個樣子自我滿足，就能夠矇混過去。』
『原來如此……你的著眼點總是這麼尖銳。』
『可是，這國家卻沒有半個人發現。雖說大家對說服者不是很瞭解，也難怪會沒有發現到，但是我覺得大家也太膚淺了吧。——這正是人們的心情一旦過於亢奮，甚至可能漏看致命性過錯的最佳例子。』
『原來如此。想不到光是從武器，就能找出這樣的「疑點」哪。』
『沒錯。——而且不光是說服者，那輛摩托車也很怪。』
『是嗎？』
『我覺得它太大了，還有車體跟引擎也是。在選擇摩托車的時候，一般都會挑選適合自己體型的，沒理由選擇那樣的大型車種吧。』
『原來如此。經你這麼說，那個旅行者簡直充滿了矛盾呢。』
『還有哦。』

『還有？』

『他的打扮太乾淨了，讓我怎麼想都覺得奇怪。他入境的時候，全身乾淨到走在路上都不會引人注目。聽說駐守城門的衛兵跟入境審查官，也覺得相當好奇呢。』

『沒錯，是有那樣的報告。——呃……不過根據本人的說法，他不過是盡可能把自己整理得乾乾淨淨的。』

『哪有那麼簡單，他可是露宿在外，也沒有水可以洗澡喲！難不成他想說自己在這深秋時期，還敢跳下冰冷的河裡游泳？大家也未免太容易相信他了。』

『你是覺得，所謂的旅行者都該是滿臉鬍鬚、全身髒兮兮的？』

『那種印象雖然過於刻板，但總比過分乾淨要來得好吧……不是嗎？』

『原來如此，看來他接二連三地露出破綻了。我也覺得恍然大悟呢。』

『縱使每個人對事物都有形形色色的看法，不過光看表面就以偏概全是不行的，如此一來只會讓自己容易受騙上當。畢竟，世界上有許多人刻意不讓別人看到，或是不希望讓別人看到事情的真相。』

『從這點就可發現，這國家有許多人很容易受騙上當呢。』

『所以，正如我在節目一開始說的，那個旅行者是「假的」——也就是冒牌貨。他只是假裝自己是個孤傲的旅行者，獨自騎著一輛摩托車行走於荒野間。』

『那麼，史凱路茲先生猜測那名旅行者的真實身分是什麼呢？』

『嗯，他應該是附近鄰國的居民。雖然不一定距離我們很近，但實際上應該不遠。當然，他說這一路上只有自己旅行也是騙人的，是一大謊言。』

『這麼說的話——』

『他應該是什麼富家子弟吧。可能有大型卡車或什麼交通工具隨行，然後載著他跟摩托車到這國家附近。因此，實際上他的旅行非常舒適，身邊當然也有花大錢雇用的護衛，一路上還有廚師準備的豪華美食可享用，每天換洗整潔的服裝。』

『然後在入境前再變裝。』

『沒錯。他做出「類似旅行者」的裝扮，在摩托車堆放行李，再佩帶說服者假裝自己槍法很棒。看到經驗老道的旅行者入境，這純樸國家的百姓當然非常開心。想必他一定嘗到被眾人奉承及崇拜的快感吧。同時，他的心裡一定也在嘲笑這群輕易受騙上當的冤大頭。』

『這麼說來，他的個性未免也太壞了吧。』

『因此，結論就是他是來捉弄我們的。等他出境之後，馬上又會跟隨從會合。想必他現在正一面嘲笑我們，一面回國去。畢竟，他只待了三天就離境不是嗎？』

『沒錯。雖然大家一直留他多待幾天，但是他說自己有訂定旅行的規則。』

『我想他其實也想多待幾天，並且盡可能地玩弄我們。但是事實上，為了不讓自己的真面目被揭穿，才說什麼有「自己的規則」來搪塞，想用這種頗有旅行者風範的謊言藉以脫身。』

『原來如此，你這樣的想法合理多了。』

『他是個非常卑鄙、心機很重的傢伙，這時候，他可能正在跟同伴大肆吹噓自己成功欺騙許多人的事蹟吧？——不過，我現在不僅揭發了真相，還像這樣在廣播節目中公開，成了眾所皆知的事。往後不管他在何處或跟誰提起這件事，都只能證明他自己有多愚蠢，而且還會自取其辱呢。』

『祝福不知情的他吧。』

『雖然那個愚蠢少年精心安排的計畫，像這樣被攤在陽光下……不過，問題的癥結還是在於我國國民單純到從不分辨是非，或者說是缺乏批判能力及思慮。而這次我想說的主題就是這個，也就是蔓延在這國家的「不批評」與「天真」。』

『你說「不批評」跟「天真」是嗎？』

『沒錯，這兩個問題就是今晚的主題。這國家的成年有識之士，卻對那名旅行者深信不疑。如果他不是個單純想捉弄人的騙子，而是把敵國引進來的間諜該怎麼辦？』

『這倒是讓人聽得膽顫心驚呢……想必，你覺得這個國家很容易控制吧？』

『我只是針對國防面打一個比方罷了，不過也並非不可能。因此，我希望能促請相關人士認真地重新考慮。』

『的確沒錯。』

『因為這國家有太多「漏洞」，待人的態度又「破綻百出」，所以我希望能讓大家知道，有時候漠不關心跟天真也是一種罪過。』

『如果小孩子天真的話，倒還覺得很有趣呢……』

『不過，被大家認為天真無邪的小孩子，很多時候反而能做出冷靜又正確的判斷呢。像這次據說我外甥聽到旅行者入境的新聞後，問了他父母好幾次「真的嗎？真的有旅行者來嗎？」。換句話說，我外甥早就識破這個騙局。我覺得這真的很了不起，證明區區一個四歲的兒童，看待這整件事的角度就比大多數的國民更接近真相呢。』

『一點也沒錯。而且，這更凸顯出我們大人的無能。因此，大家不如試著讓自己變成小孩子。』

『這個提議真是大膽，但是不那麼試試看，這個國家很可能會完蛋。』

『不，或許早就完蛋了吧。這國家可能正一步步邁向死亡。——要是像我剛剛說的那樣，讓大人們全部死過一次，創造只有小孩子的國度，等那些孩子長大成人的時候，應該就會變成比現在好得多的世界了，我能夠肯定地這麼說。——當然，也是因為要全部國民死過一次是不可能的事，才導致現在這個國家的悲劇。』

『你覺得大人們的失敗，以及他們根深蒂固的「過錯」，是從什麼地方衍生出來的呢？』

『我覺得還是「心」的問題。之前我也講過好幾次，現今的大人根本不曉得何謂真正的「心」，也不想去瞭解。而且明明欠缺什麼重要的東西，自己卻沒察覺出來，甚至假裝沒察覺到。於是，悲劇便不斷發生，這就是目前這個國家的真實面貌。』

『原來如此，也就是大人們都不具備自我批判的「心」是吧。——今天的節目快到尾聲了，可否

「收音機之國」
—Entertainer—

請你做個總結呢？』

『「不批評與天真」——如果大家繼續過著這樣的生活，想必這個國家將會迎接精神層面的滅亡。之前我也講過好幾次，那一天即將到來了，雖然沒發現到的人們還在傻笑度日。不過，一旦像那樣的絕望之日降臨，或許對這個國家反而有好處吧。』

『今天真是謝謝你了。——各位聽眾，不曉得你們有什麼感想呢？我們等待各位來信或來電發表你們的意見及期望。那麼，下次同一時間再會。接下來是氣象預報。』

＊　＊　＊

『喂喂，現在方便講電話嗎？』

『方便。』

『聽到剛剛的廣播沒？』

『當然聽到了。這次又是那傢伙，不過他那莫名其妙的理論又更加精湛了呢。』

『真是想不到耶——平常我都會把他的節目洗掉，不過這次非保存下來不可。當他突然說出「心」這個字眼，害我把才到口的茶都噴出來了呢。』

『我是在聽到「唯一看穿真相的外甥」那段爆笑的。』

『然後，還有那個好久沒提到的「盼望絕望之日理論」。就是那個「只有聰明的我才發現到哦」之類的胡說八道。』

『沒錯。——不過，那個從五年前就一直在說了，到底哪天、什麼時候才會到來啊？』

『可能在到來以前，他都會持續說下去吧，反正總有一天會讓他說中的。』

『哇哈哈！那個單元真的很好玩，真希望它能持續下去。』

『一點也沒錯。對了，倒是那個旅行者，真的如他說的那樣嗎？』

『旅行者？……喔～那個被拿來當作題材的旅行者啊。——其實那個旅行者究竟怎麼樣，我倒是無所謂喲。』

「你好。史凱路茲先生，今天辛苦了。」

「嗯。」

「今天的成果也很不錯呢。照這樣看來，目前宣傳部門一定不斷接到來電，數量肯定超過上一回！」

「那倒是不錯……不過，我總覺得哪個部分顯得有些弱，又好像有什麼破綻。算了，隨便啦。總之，我想提出一點意見。」

「是嗎?那我聽聽看當作參考。」

「關於說服者的部分，子彈式的手槍固然容易操作，不過旅行的時候偶爾會碰上找不到符合彈殼的子彈，這種時候它能夠使用隨處買得到的火藥，或是自行融鉛做的子彈來射擊，反而比較方便喲。我想，那個旅行者一定十分清楚這點。」

「真是專家的意見啊。只是，想不到史凱路茲先生對說服者會這麼瞭解。」

「還有一點。」

「請說請說。」

「距離東方大約半天的路程，有一處溫泉喲。我猜那名旅行者可能是在那裡露營，身體才會那麼乾淨。反正，那裡的溫水跟噴泉都可以任意使用。研究地質學的人都知道這件事情，最好不要亂說比較好。」

「是……我會姑且跟節目編劇說說看的，但是聽眾裡應該沒什麼人聽得出來吧。」
「話是沒錯啦。」
「總之，下次再有勞你了！史凱路茲先生，今天辛苦了！」
「謝謝，你也辛苦了。」

「收音機之國」
—Entertainer—

第四話
「獲救之國」
—*Confession*—

第四話「獲救之國」

—Confession—

有一名叫奇諾的旅行者。

奇諾非常年輕，卻是個不輸給任何人的說服者高手。

跟奇諾一起旅行的伙伴是一輛摩托車，叫作漢密斯。他的後座是載貨架，上面堆放了許多行李。身為旅行者的奇諾，就這樣造訪許許多多的國家。

有一次，奇諾跟漢密斯來到了某個國家。

在長滿高聳入雲的巨樹，抬頭看會讓脖子痠痛的茂密森林裡，有一道彷彿刻意隱藏其中、覆滿藤蔓的綠色城牆。當時的季節適逢春末夏初，既不熱也不冷，微風吹拂相當舒適。

「跟傳說中的一模一樣耶，奇諾。」

「嗯。要不是有人指點，我們絕對找不到的。」

接著，奇諾在城門請求入境三天的許可。衛兵說：「敝國非常歡迎難得造訪的旅行者」，於是很快就給予她入境許可。此時，城門嘎啦嘎啦地打開。

穿過城門映入眼簾的，是跟剛才的森林截然不同的平坦大地。只見寬廣的農田跟牧草地，還有一群群緩緩移動的家畜。這國家的佔地雖廣，人口卻相當稀少，看起來是個科學不甚發達的小國。

由於正值傍晚時分，因此從零星分布的木屋煙囪升起裊裊的炊煙。
「這國家看起來好像不錯呢。」
漢密斯說道。奇諾也贊同它的說法，然後就開始尋找投宿的旅館。
來到建築物較多的市中心之後，奇諾詢問路人旅館的地點。但是這個幾乎未曾有旅行者造訪的國家，並沒有所謂的旅館。身穿農耕用的服裝，外表悠閒、待人親切的居民們紛紛圍過來，並且好心出借一間類似村公所的大型木造建築物給奇諾暫住。奇諾總算得以在睽違許久的被窩裡睡覺。

隔天早上。
「真是的，有夠吵耶——」
平常不猛敲一番是叫不醒的漢密斯，竟然被大馬路上的噪音吵醒。
綁在電線桿的擴音器，用超大的音量播放著奇怪的音樂跟聲音，而且完全聽不懂內容在說些什麼，只是不斷重覆語調怪異、聽起來像咒語般的話。至於背景音樂，也是怪到讓人想看看作曲者長成什麼德行。
奇諾照往常習慣隨著黎明同時起床，並老早做完說服者的晨間練習跟體操，甚至也沖過了澡。
因為沒有餐廳的關係，只好拿攜帶糧食當早餐吃的奇諾說：

「好棒的國家——這樣早上我就不需要叫漢密斯起床了。」

「別開玩笑了啦。對了，這是什麼？啊，終於停止了。」

「不曉得是什麼。過去我們去過不少國家，也看過不少事物，但是這種聲音倒是頭一次遇到。所以，現在我們就出去看個究竟吧。」

於是，奇諾跟漢密斯便離開建築物到外面觀光。

不一會兒，她們就被人群團團圍住。

在這些人的包圍下，首先令人驚訝的是他們穿在身上的奇怪服裝。所有人全穿著奇諾在過去造訪的國家之中未曾看過的服裝，也不曉得是誰為了什麼目的要他們這樣打扮。

接著，他們開口說話，並且接二連三地詢問奇諾這個宗教儀式做得好不好。

「宗教儀式……是嗎？」

奇諾被他們問得一頭霧水，於是他們解釋給她聽。

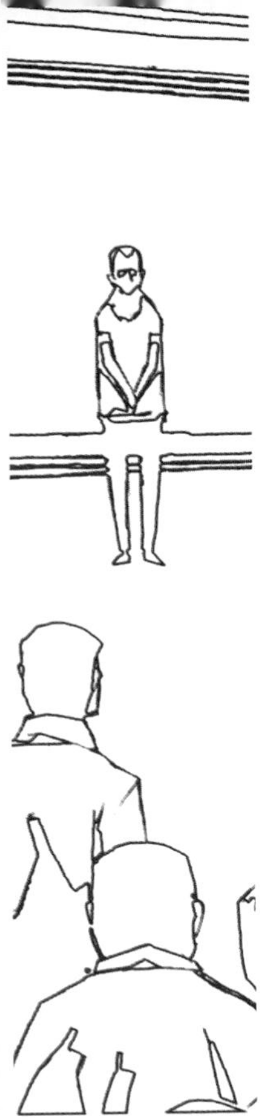

他們正在進行宗教儀式。由於這種宗教儀式在許多國家廣為流傳，而且信徒也很多，因此他們想先詢問旅行者是否為其中成員。就算不是，過去也應該在某些國家看過這個儀式，於是又此起彼落地詢問：「我們進行的宗教儀式是否正確？」、「讓其他國家的信徒看到的話會不會丟臉？」、「我們的做法是否能夠更接近神明？」等等。

「奇諾？」

漢密斯問道。

「呃──」

奇諾開口說話。眾人的眼光全集中在她身上。

「真是非常遺憾，我生長的國家很小，所以沒看過這種宗教。而且我旅行過的國家都只是暫時歇歇腳而已，因此對他們的國情瞭解得並不透徹。抱歉，讓各位失望了，真的很不好意思。」

奇諾的說詞跟剛才完全不同，但是漢密斯並不多做表示。

身穿奇裝異服的人民，聽完她說的話無不感到失望，不過他們隨即又振作起來，還很樂觀積極地說：「這也是沒辦法的事，不過請妳務必在我們國家瞭解這個儀式。」

接下來到吃午飯之前的時間，奇諾從這些人的口中，得知這個宗教有多了不起，以及一些讓人摸不著頭緒的教義跟奇特的儀式。至於漢密斯，早就已經先去見周公了。

歷經苦難的奇諾受邀到一間大房子，跟許多人一起共進份量十足又免費的午餐，因此讓她覺得心情好多了。

在飯後的午茶時間，一名中年歐巴桑如此說道：

「我真應該盡早接觸如此安定人心的宗教呢！」

於是漢密斯問：

「咦？那它是什麼時候在這個國家傳開的？」

答案非常令人意外。這種宗教是在短短的十年間在這個國家普及的。一名傳教士來到這個國家，不一會兒就把這個宗教在人民之間傳開。而那位傳教士並不想要垂手可得的富裕生活跟權力，他至今仍住在國境外的小屋子，過著偶爾跟信徒代表見面的隱居生活。

「要不是那個人，我想這個國家鐵定完蛋的。不，可能早就不存在了。」

一名男人如此說。

「這話是什麼意思？」

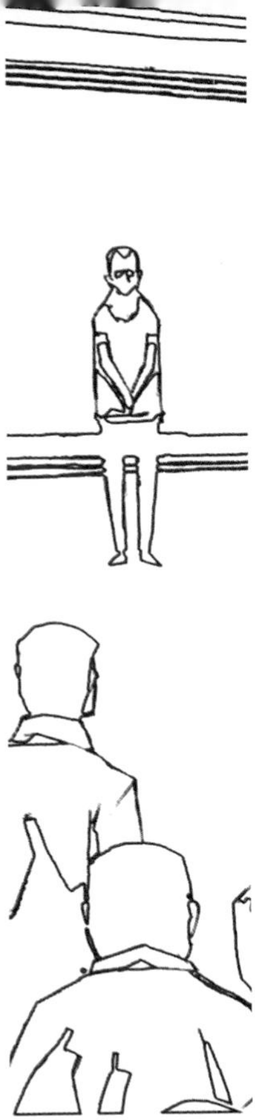

奇諾問道。

於是那個人就代表眾人解釋。十年前，這個國家曾經面臨沒有農作物可採收，家畜繁衍不出後代的慘況；加上持續不斷的惡劣氣候，更讓人民得了奇怪的傳染病，讓小孩子都不聽大人的話……諸如此類的情況接連發生，簡直是一個黑暗時代。

「有那麼誇張嗎？」

漢密斯不由得這麼說，但是人民個個都正經八百的樣子。

正當全國蔓延著倦怠跟絕望，而且瀰漫著家不成家、甚至全國人民都快集體自殺的氣氛時，那個人物出現了。衣衫襤褸、做旅行者打扮的傳教士說：

「既然這樣，就請你們照我說的去做。——你們的靈魂就會得到寧靜的。」

於是那個人開始佈道。原本人民信仰的都是不知何時流傳下來的當地宗教，但是大家在這時候毅然決然地拋棄那個拯救不了自己的舊宗教，轉而信奉新宗教。大家拚命祈禱、舉行儀式並祭拜神明。

「然後，奇蹟真的發生了喲。」

從此以後，不僅農作物生長正常，家畜也大量繁殖，傳染病消失，氣候回歸平穩，小孩子也都變得非常聽話。國家風調雨順，人們的身心也都恢復健康。

「原來如此。」

正當奇諾如此說完，正想吃茶點的時候，

「不不不不不不不好了！」

一名男子臉色慘白地衝進屋裡。

「雖然不曉得發生了什麼事，但是你千萬不能這麼慌張喲，神正看著呢。」

其他人冷靜沉著地告誡男子，不過……

「其實是！傳教士說說說說說想跟旅行者單獨見面！」

「你說什麼？」「什麼？」「有這回事？」「怎麼會？」

所有人變得驚慌失措。

「他幾乎不跟非信徒代表的人見面，這可是一大殊榮，妳絕對不能有失禮的表現！」

奇諾跟漢密斯在眾人的叮嚀聲中，前往傳教士的家。

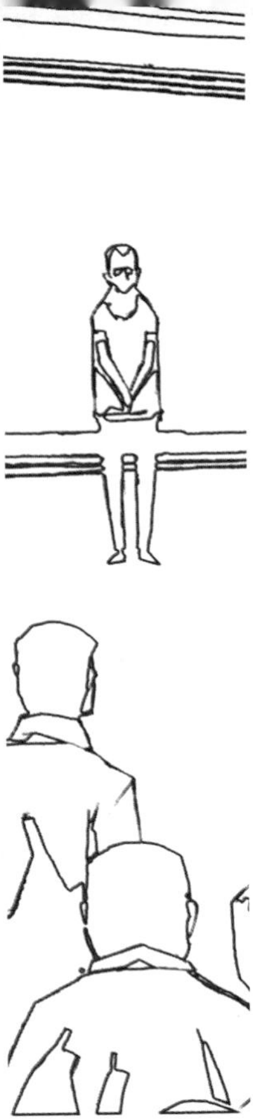

她們尾隨男子駕駛的卡車，在國內一路奔馳。穿過了農田、越過了牧草地，忙著農事的人們還向她們揮手打招呼。

「等一下，妳們沿這條路直走就到了，至於我就帶路到這兒。——千萬不要做出任何有失禮儀的行為，真的拜託妳們。」

與帶路者分開之後，奇諾跟漢密斯便走進位於這個國家郊區的人工森林裡。

接著，她們看見一棟小木屋靜靜佇立。正如帶路者所說的，那兒就是傳教士的住處。

當奇諾關掉漢密斯的引擎，有個男子走了出來。

那是一名身穿普通襯衫及長褲，表情安詳的中年男子。他的臉部輪廓跟身材都很削瘦，頭髮往上推剪得很乾淨，臉上也沒有留什麼鬍子。

「……妳們終於來了。請跟摩托車一起進來吧。」

男子語氣平靜，而奇諾也照他的話做。進去小木屋之後，她用腳架把漢密斯立在桌子旁邊。

男子請奇諾坐下，自己也坐在她對面。他雙肘撐著桌面，十指交叉的手擺在臉的前方，然後用嚴肅的眼神直盯著奇諾看。

男子開口的第一句話是：

「妳說了嗎？」

搞得奇諾跟漢密斯一頭霧水。

「如果妳說了的話，我會煽動全體國民，讓妳無法活著離開這個國家。」

聽完這段話，稍微瞭解意思的奇諾問：

「說什麼？」

「就是，關於我宣傳的那個宗教。」

男子如此說道，這時候，漢密斯總算瞭解了他的意思。

「果然是隨便唬爛的。」

漢密斯毫不避諱的發言，剎那間讓男子震了一下。漢密斯繼續不客氣地說：

「果然沒錯，」

「我還沒說喲。——不過，我想他們應該不會相信我說的話。」

奇諾說道。

「可是，妳敢說了的話我就殺了妳。妳絕對無法活著離開這個國家，我絕對不允許。」

「我沒有說喲，漢密斯也是——」

「搞不好我會說呢。」

「到時候我就把他留在這裡——」

「不會吧？那我絕對不說，我怎麼可能說呢！」

男子嘆了長長的一口氣，然後有氣無力地說：

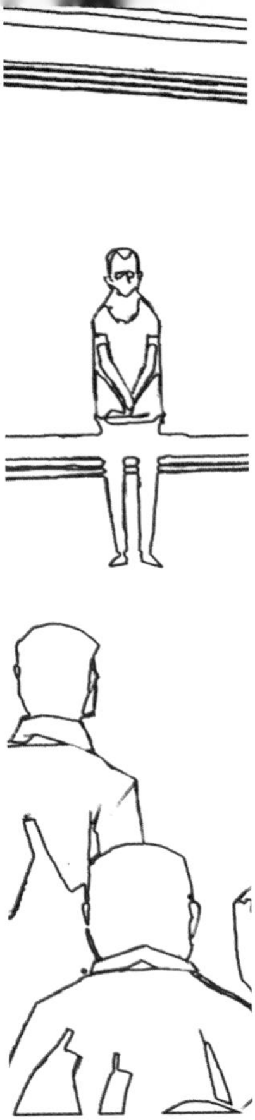

「是嗎……那就好。」

後來，雙方安靜了好一陣子。

「你想說的話就是這些嗎？如果是的話，那我們要回去繼續觀光了。」

奇諾打破沉默說道。男子點點頭說：「對」，於是奇諾從椅子站了起來。可是男子卻馬上改口說：「不，我的話還沒說完」。男子把額頭貼在撐住桌面、十指交扣的雙手上。

「全都是我胡說八道胡謅的……我不過是想到什麼就隨便說出來……天哪……」

「…………」

奇諾不發一語，低頭看著這名垂著頭開始獨白的男子。而停在她斜後方，名叫漢密斯的摩托車問：

「大叔，你既然不是『傳教士』的話，那以前是旅行者嗎？」

「是的……我曾經是個旅行者，四處流浪……十年前我到這地方的時候，並不曉得這裡有一個國家。」

「你為什麼要說謊？是想欺騙這些人民嗎？」

「不是的……當初我是真心要幫助他們，想說能幫一個是一個。我在路上遇到一名滿臉倦容的女孩，我對她說：『這是我的祖國的祝禱詞，聽過之後會讓妳舒服些的』，然後就教她我隨便亂掰的咒語……我祖母在我小的時候，也常常用這種方式鼓勵我。所以我想說，如果她能因此轉變心境，何嘗不是件好事……」

男子繼續說下去。正如男子所預期的，當女孩不斷複誦這些發音怪異的言語，也慢慢削弱她沮喪的心情。結果，女孩就把這些單純出自心理作用的言語，在家人之間廣泛宣傳。最後，那個因為貧窮生活而深感疲倦的家庭，便前去拜訪當初暫住在奇諾目前睡的那個房間的男子。

「要是那時候我就此罷手……並解釋那其實是在騙他們……」

想不到男子又亂掰出一些咒語，甚至編出以他小時候做的柔軟體操為範本的祈禱儀式。

「那個家庭回去之後教給他們的鄰居，便在他們的村莊裡開始流行起來。」

於是原本只流行於小村莊的宗教儀式進而傳遍全國，許多人紛紛前來向男子求教。

「我並沒有打算說實話……」

於是，男子又對仰賴自己的人們瞎掰：「我來宣揚在我的國家及大多數國家裡，讓許多人因此得救的╳╳╳╳教吧！這樣，你們一定會得到幸福的！」。他拚命對這國家的人民宣揚他當下偶爾想出來的教義，有時候是教他們自己不眠不休想出來的儀式，有時候是教他們自己有生以來頭一次創作的宗教歌曲，有時候是要他們穿上自己旅行途中經過的國家的慶典服飾。

「……他們竟然會這麼單純。……居然是這麼愚蠢。」

男子的額頭繼續靠在十指相扣的雙手，唸唸有詞地說。

「原來如此。這故事相當有趣，不過——」

漢密斯說道。

「你為什麼要告訴我們這些？你是希望奇諾帶你離開這個國家嗎？希望我們幫你逃出這裡嗎？」

聽到這個質問，男子抬起了頭。原本一直緘默不語的奇諾，看到男子的臉之後感到有些訝異。

「才不是呢！」

說這句話的男子雖然淚眼汪汪，但臉上卻綻放著笑容，而且笑得非常燦爛。

「我不想離開這個國家！這輩子都不會離開的！」

這時候，他放下原本緊扣的雙手，轉而緊握拳頭，並堅定地這麼說。

「咦？——為什麼？」

「那是因為——」

男子露出笑容，正準備回答，但是話說到一半就沒再說下去。他把握緊拳頭的手放在桌上。

就在奇諾跟漢密斯露出訝異的表情時，他的雙眼開始滂沱地流下眼淚。眼淚滑過他的臉頰，落在膝上。

「那是因為……那是因為……我……我在這個國家得到了救贖……」

男子一面哭，一面斷斷續續地說。

「我……其實是被迫出來旅行的……我無法忍受自己生長的國家……只因為我出身卑微……就必

須過著忍受遭人辱罵、瞧不起的生活……我忍無可忍，就——」

男子從桌子上舉起雙拳，然後視線朝上，張開雙手，彷彿要把天空抓下來似的。

「結果，我來到了這個國家，這個需要我的國家！——也是拯救我的國家！」

奇諾跟漢密斯什麼話也不說，只是看著男子邊哭邊在室內仰望天空的模樣。

「這是一個了不起的國家！我在這個國家得到了救贖！」

過沒多久，奇諾轉身推著漢密斯走出木屋。淚如雨下的男子根本沒看到她的背影。

「啊啊……我不相信什麼神明……可是！可是！如果這世上真的有神……拜託讓這個國家保持現狀！請不要奪走拯救我的這片土地！請讓它永遠永遠保持現在這個樣子……神哪，我求您——」

尾聲

「船之國」

—*On the Beach · a*—

尾聲「船之國」
—On the Beach・a—

我的名字叫陸，是一隻狗。

我有著又白又蓬鬆的長毛。雖然我總是露出笑咪咪的表情，但那並不表示我總是很開心，我只是天生長成這個樣子。

西茲少爺是我的主人。他是一名經常穿著綠色毛衣的青年，在很複雜的情況下失去了故鄉，開著越野車四處旅行。

而我也一直跟隨著西茲少爺。

西茲少爺跟我搭乘著越野車行駛在海岸邊。

春天的空氣暖洋洋的。一望無際的天空，蔚藍得不見一片雲朵，只有高掛正中的太陽。

越野車的右側，是覆蓋著細嫩綠草的平坦大地形成的綠色地平線。左側從狹長的沙灘延伸過去為廣闊的大海，形成了平緩的藍色水平線。

越野車行駛在草原的單行道上。偶爾因為凹凸不平的土堆，而導致車體搖晃。

車後面的載貨架上，放了一只西茲少爺愛用的黑色大包包，換洗衣物等日常必需品全都在裡面。至於住飯店時派不上用場的帳篷及野炊用具，就收在包包下面的箱子裡。位於引擎蓋左右的載物架，則並排著燃料與飲水罐。

西茲少爺穿著一貫的綠色毛衣，戴著防風眼鏡，坐在左邊的駕駛座上緊握方向盤。這是一條近乎筆直，而且沒有任何障礙物的道路。他一路上都沒有換檔，只是靜靜地奔馳在從早上就一成不變的景色裡。

突然，西茲少爺看了一下越野車的里程表，

「差不多快到了。」

他簡短地這麼說。

一點也沒錯。在道路盡頭的地平線前方，逐漸看到像黑點似的物體。

越靠近，就越看得出那是群聚的人們跟車輛。前方停放了十幾輛大型卡車，全都是為了應付糟糕路況而裝設巨型輪胎的卡車，有載了大批貨物並蓋上車篷的卡車，以及油槽裡裝了燃料的卡車，它們的數量各佔一半。

四周有二十幾個人，全部都是男性。除了幾個人站在卡車上監視以外，其餘的人都圍坐在幾張附有遮陽傘的桌邊。幾頂搭在草原上的帳篷，顯示他們已經滯留在這裡好幾天了。

西茲少爺放慢越野車的速度。

「看來，傳聞並沒有騙人呢。」

我如此說道，西茲少爺也輕輕點頭贊同。為了不讓那些男人對我們起不必要的戒心，於是便慢慢地把越野車開近。

我們把車停在離那群提高警覺、手持說服者的男人相當近的前方，西茲少爺揮手向他們打招呼，然後等待兩名手持步槍的人走近我們。

「我是旅行者！我想上『船之國』！」

西茲少爺提高聲量。兩名男子小心翼翼地接近，然後大略看了一下我們跟越野車。其中一名中年男子詢問西茲少爺：

「為了以防萬一，問你個問題，你所聽到的是什麼樣的傳聞？」

西茲少爺據實回答。

「船之國」
—On the Beach・a—

其實，之前我們就略有耳聞，但是告訴我們細節的是前幾天造訪的南方某個沿海國家的人們。根據他們的說法，這片海洋從過去就存在著一個稱之為「船之國」的巨型浮島，人們可以搭乘它渡海到西方，只是必須花費相當長的時間。途中，旅行者可能會被要求做些勞動工作，但是除了衣食住行中的「衣」，其他日常生活所需都可得到保障。

而且，如果想搭乘「船之國」，唯一的方法就是到海岸跟與其定期進行買賣的商人們接觸。因為「船之國」為了跟商人做生意，會定期派出接駁船，只要搭上船，就能連同越野車一起前往那個國家。而且，這並不是傳說，實際上真的有不少旅行者是靠這種方式渡海的。

「好吧。」

他們可能確定西茲少爺並不是想搶奪他們行李的盜賊，於是馬上放下戒心。西茲少爺先把他的愛刀擺在方便拿取的位置，但是並沒有擺出特別戒備的態度。

西茲少爺把越野車停在他們的帳蓬附近，然後順手把刀插在皮帶上，接著跟喝著茶、自稱是商人首領的大鬍子打了聲招呼。年約六十歲的大鬍子突然這麼問：

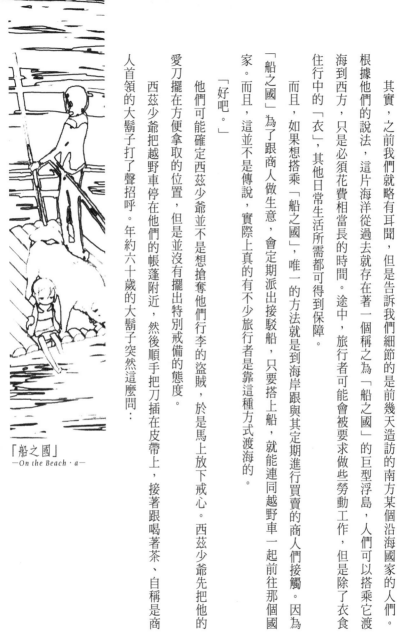

「這越野車不錯，多少錢肯賣呢？」

西茲少爺委婉地拒絕。

「這刀不錯，多少錢肯賣呢？」

「這狗不錯，多少錢肯賣呢？」

「這毛衣不錯，多少錢肯賣呢？」

「小兄弟長得挺帥的，多少錢肯——」

西茲少爺全都拒絕了。

之後，

「你有什麼不要的東西，我們都願意收購。尤其是機械類的物品，我們會高價收購哦！」

西茲少爺聽到這句話，好像想到了些什麼，不過他仍舊以「很遺憾，我沒有東西可賣」來婉拒。可是他之前在某個國家收到的懷錶，明明還沉睡在他的行李袋裡呢。

西茲少爺聽從南國百姓給他的建議，免費把他們國內定價不是很昂貴的幾瓶好酒當作小費送給他們。

大鬍子笑逐顏開地說：

「喔！不好意思啊，小兄弟！——各位，這些酒是這位小兄弟送的！收了人家的禮物，還不誠心

向人家道謝！」

我們就這樣跟他們打好了關係，然後在那兒等待接駁船的到來。

在他們的邀請下，西茲少爺坐到桌前用茶。

他跟往常一樣小心翼翼地聞過茶的味道，確認裡面沒有毒之後才喝。那是加有大量砂糖與奶精的茶，西茲少爺還發表感想，說這種茶對疲憊的身體有益。

喝過茶之後，大鬍子說：

「再來就只有等待了。」

根據他們的說法，「船之國」的接駁船有時候並不會現身。有時是遇到暴風雨，有時則是毫無理由地失約，害他們白白浪費時間跟精神。由於出發日期不確定，這段時期他們只能待在這兒十五天左右，這也是他們沒把皮箱裡的貨物卸下來的原因。

他們的國家距離東方約十天的車程。販賣的東西以燃料為主，包括加工食品、衣類、工藝品等等。至於對方給的報酬，則是魚貝類、魚乾，以及大陸那邊的珍奇商品。他說，這種交易從兩百多年前就是每隔半年一次。

「這麼說，『船之國』從那麼久遠就開始移動了？」

「沒錯，因此一旦錯過時期就會很慘。小兄弟，你算很幸運了。不過，你渡海到西方大陸想做什麼？你想去什麼地方嗎？」

西茲少爺搖搖頭，回答：只是想看看新的土地而已。那當然不是他真正的目的，不過商人們並沒有特別追問。

這天，船沒有來。

坐在卡車上用望遠鏡監看的人，看到閃著鮮黃色的夕陽沉沒到水平線後就跳下地面。接駁船似乎從不會在夜間靠岸。

西茲少爺跟商人們一起共享晚餐。商人們請他吃自己煮的菜餚，做為贈酒的謝禮。那是一種在用大鍋子煮好的麵上，淋上熬煮過的蔬菜及肉類的食物。我也在他們幫我弄涼之後吃了一份，還相當好吃呢。

晚上，早睡的他們留下負責看守的人，很快就進帳篷裡去了。

西茲少爺在距離他們帳篷不遠的草原上，一如往常地在越野車的引擎蓋擺上木塊，搭出簡單的床舖。

天空因為滿月而閃著藍白色的光芒，完全沒有下雨的跡象。春天的晚風沁涼，讓人覺得有些寒意。於是，西茲少爺拿出厚毛毯把身體包裹起來。

「拜託你囉，陸，晚安。」

「知道了。——晚安，西茲少爺。」

西茲少爺說完之後，我就在越野車前面邊睡邊守備。

除了商隊的看守偶爾換班以外，其餘並沒有發生什麼事。

這是一個只聽得到微弱波浪聲的寧靜藍色夜晚。

早上。

商人們很早就起床，西茲少爺也是。

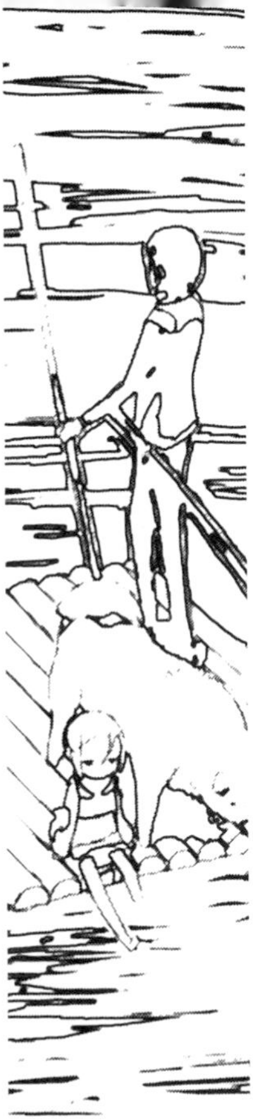

「船之國」
—On the Beach・a—

世界幾乎在太陽升起的瞬間就大放光明，在場所有人也同時開始活動。那是習慣野外活動的人，因為不想浪費陽光而養成的習性。

西茲少爺跟往常一樣做著簡單的運動，也一樣做了揮刀訓練。

商人們則分工合作地準備早餐，或在卡車上監視。有些人可能是為了確保糧食無缺或是純粹個人興趣，拎起釣竿跑去垂釣。

用過早餐之後，大家繼續等待。

時間就在大家無所事事的情況下淡淡流逝。西茲少爺依舊坐在沙灘上，一邊眺望海洋、一邊靜心等待。

午餐只有茶及一些簡單的點心。正當東西吃完，也收拾乾淨的時候。

「來了！是船！」

監視的男子大聲喊叫。

商人們點燃事先準備好的火堆，裡面可能摻雜些什麼藥品，升起的是橘紅色的狼煙。

不久，有形狀奇特的三艘船往沙灘靠近。

三艘船的形狀相同，而且並不是很大，全長約五十公尺左右，還看得見位於後方的艦橋。它們

「船之國」
—On the Beach · a—

跟普通船並不相同，船首不是圓弧狀，而是呈現平面。顏色則是暗灰色的。

「小兄弟，那就是接駁船。」

大鬍子領隊說道。西茲少爺問：

「那貨怎麼搬上去？這裡又沒有碼頭……」

「等一下你看就知道了。記得以後把它當成旅行的見聞，幫我們宣傳哦！」

正如商人首領所說的，那艘接駁船就當著我們的面往沙灘垂直駛來，然後船首毫不猶豫地直接衝上沙灘。船首有塊板子「啪噠」地往前倒，當場就變成板橋式碼頭了。真是一艘方便的船。

往裡面看，船內是空盪盪又沒有屋頂的寬敞收納庫。三艘船接二連三地衝上沙灘。

「原來如此。」

西茲少爺還沒發出讚嘆以前，商人們已經開始發動卡車引擎了。從其中一艘接駁船裡，也同時走出兩個人。

從身材判斷，他們應該是男性，不過卻做著全身黑色的打扮。黑色長大衣，黑色長褲，黑色靴子，黑色手套，黑色領巾。形狀奇特的黑色尖帽下方，還垂著藏住他們臉孔的黑色面紗。至於頭的後方，則被帽子垂下來的部分蓋住。皮膚完全沒有一處露出。

從大衣的輪廓，可以看到他們腰部的位置稍微鼓起，確定他們有配帶掌中說服者。

「還是穿得一身黑抹抹的。那群就是『船之國』裡自稱是『指導者』的人。」

「什麼指導者？」

「就是所謂的特權階級，身分地位崇高者。他們可是惹不起的。——我先跟他們談生意，你稍微等一下。」

首領上前迎接那兩人，並跟他們打招呼，然後拿出似乎是目錄的紙張給他們過目。經過短暫的交談後，對方似乎同意而點了點頭。

首領打了個手勢，卡車就從沙灘開到接駁船前面，接著倒車入內。他們卸下木箱等貨物，再把油槽裡的燃料轉移到接駁船的燃料槽，一輛倒完了再換另一輛。然後，再去載滿貨物的船隻處領回空盪盪的卡車。

作業持續進行的時候，黑衣男子們走到我面前。我們完全看不出面紗後的表情。其中一人對西茲少爺說：

「閣下就是希望入境我國的旅行者是嗎？」

他說話的方式好古代，可能是故意的吧。聲音聽起來出乎意料地年輕，搞不好他真是個年輕人。

西茲少爺點點頭，然後詢問一個人、一隻狗、外加一輛越野車要渡海到西方大陸所需的條件。

對方回答說，我們在國內的期間必須遵守他們（也就是指導者們）訂下的規則，然後用工作來換取三餐跟睡覺的地方。

「要做什麼工作呢？」

對方的回答是：「在指導者的指揮下監視民眾的工作，或者混入一般民眾當中從事肉體勞動的工作也是可以。」不過後者應該是他刻意的嘲諷吧。

最後，西茲少爺詢問渡海需要幾天，黑衣男子回答大概要十五天左右。「船之國」將花五天的時間沿著大陸北上，之後一樣花五天的時間渡過海峽，再過五天後會跟西方大陸的商人們接觸。

「我們不勉強，你也可以拒絕。請在出發前做出決定吧。」

黑衣男子們離去之後，西茲少爺望著大海若有所思，然後回頭望著草原，再眺望過去曾經留下

「船之國」
—On the Beach・a—

足跡的大陸。這個拉法永遠沉睡的場所，同時也是環抱西茲少爺過往故鄉的土地。

不久，西茲少爺輕鬆地露出微笑。

「西茲少爺？」

「嗯。——我決定了。雖然多多少少有點不安，不過還是渡海吧。好嗎，陸？」

西茲少爺說道。

「你不需要徵求我的許可的。」

我這麼回答。

「那麼，小兄弟，我們後會有期囉。屆時如果有什麼東西想賣，我們會收購的。」

告別那群商人，西茲少爺發動越野車。他跟卡車一樣用倒車的方式從沙灘朝板椿碼頭上船，然後進入收納庫裡。他把越野車停放在堆積如山的木箱旁邊。

船裡面也有不做黑衣打扮的人。那些男人沒有戴帽子，身上穿著到處釘滿補丁的髒衣服。他們是「非統治階級的人們」——也就是一般國民吧。

他們的目光並沒有跟西茲少爺接觸，只是聽從搭乘那艘船的一名黑衣人的指示，默默進行在越野車上面蓋布並用繩索固定的作業。

「旅行者，那些工作就交給他們吧，你跟我來。」

在另一名黑衣人的帶領下，拿著旅行袋與愛刀的西茲少爺跟我，從收納庫爬上陡峭的舷梯。西茲少爺在這個時候好像發現了什麼，便低頭看了收納庫一眼。

「…………」

西茲少爺隨即往前看，繼續跟著黑衣人的後面走。我也看了收納庫一眼。有幾個有別於堆積如山貨物箱的木箱，還特別裝進鐵架裡，不讓人隨便觸摸。

箱子上面貼了「嚴禁火氣」、「小心輕放」的標語，令人很容易就想像出內容物是什麼。肯定是子彈或炸藥、手榴彈之類的東西。

西茲少爺被帶到接駁船裡一間狹窄的房間。

這裡比廉價旅館的房間還要小。鐵板牆的油漆不僅四處斑駁，還浮現了鐵鏽。抬頭一看，天花板爬走著各式各樣的管線。房裡有一個骯髒的圓窗，以及看起來像擔架的雙層床，外加一個沒有刻

「船之國」
—On the Beach · a—

意圍起來的馬桶。

黑衣人留下：「在船裡的時候一直待在這裡，過沒多久將抵達我們國家」這句話，然後就把門鎖上後離去。不過，他並沒有帶走西茲少爺的武器。

船隻的引擎聲愈來愈大，還製造出微微的振動。

接駁船往後大大傾斜之後，便開始後退。船首用力脫離之前衝上的沙灘之後，便轉了一百八十度，面向大海。

「好了……接下來不曉得會怎麼樣呢。」

西茲少爺一面望著圓窗，一面事不關己似地唸唸有詞。

在規律的振動與些許的上下搖動中，接駁船開始往西北方向前進。

西茲少爺坐在床上，把手擺在立著的刀的護手上，閉上眼睛動也不動。

當黑衣男子打開房門，已經是太陽位於四十五度角的時候。此時，西茲少爺把眼睛張開。

「旅行者，看到我們國家了。帶著你所有的行李跟我來吧。」

於是我們再度跟著黑衣人走。從房間穿過狹長的走廊，走到盡頭，又爬上陡峭的階梯，然後從接駁船右舷的甲板出來。

放眼望去，我們就身在大海的正中央，完全看不到被地平線包圍的陸地。至於另外兩艘自家的船，就緊緊跟在旁邊前進。溫暖的海風令人心曠神怡。

「應該很快就會看到了。」

黑衣人一說完，便朝接駁船的前進方向指了一下。

起先看到海面上飄浮著一個黑點，不久就變得像拳頭一樣大。

一個國家（也就是包圍著它的城牆）從地平線的那端慢慢上升、靠近的景象，其實西茲少爺跟我早從越野車上看過好幾次。只是說從水平線緩緩靠近，這倒是第一次呢。

「那就是我們的祖國。入境之後，就會安排你跟我們的同伴見面的。」

當黑衣人這麼說的時候，接駁船前已經可以看到那個國家的全貌。

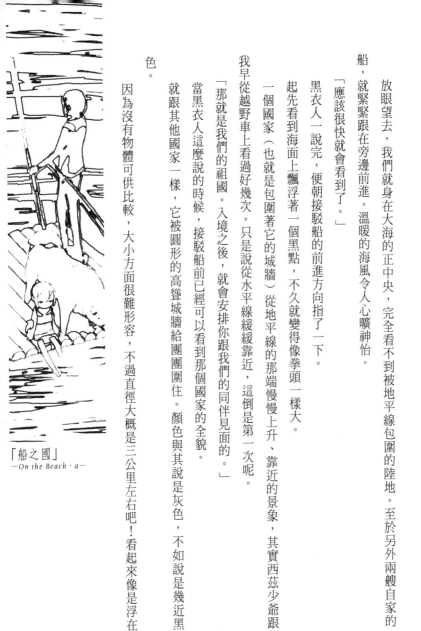

就跟其他國家一樣，它被圓形的高聳城牆給團團圍住。顏色與其說是灰色，不如說是幾近黑色。

因為沒有物體可供比較，大小方面很難形容，不過直徑大概是三公里左右吧！看起來像是浮在水平線上的細長狀長方形物體。國家的中央有個像高塔的突起物。模樣算是很常見的小型國家。

那個國家就浮在海面上。「船之國」應該不是它真正的名稱，倒不如用「浮島之國」來形容還比較恰當。

「有意思，是過去從未見過的國家呢。」

西茲少爺說出了他的感想。

城牆上有燈火不斷閃爍，那是發光信號。接駁船這邊應該也有回應吧，我看到信號停頓後再次閃爍。

不久，我們搭乘的接駁船靠近高大城牆旁的一處洞穴。它的大門敞開，是個又廣大又空曠、像條隧道般的黑洞。

彷彿進入巨獸的肚子似的，接駁船入境了。

等最後一艘船駛進，門就關了起來。

洞裡因為門關起來而變得烏漆抹黑的，沒多久船上便點起了燈火。這個地方像是細長型的船塢，四周都是鐵板跟機器，還充斥著廢氣與機油味。

我們的視線慢慢下降。西茲少爺說：「水被排走了呢。」不久接駁船便著陸在船塢底部的鐵板上。

黑衣人要我們去開越野車，於是西茲少爺跟我駕著越野車下到船塢。我們爬上前方的坡道，再穿過一扇門到達指示的地方。一走出漆黑的空間，天花板上的燈立刻大放光明。

那地方相當寬敞，是座應該能容納上百輛汽車的倉庫。除了角落有擺放一些廢鐵之外，沒有任何東西。看來，它早就失去倉庫的功能了。

「隨便你要停哪兒都行，等要下船的時候再發動。」

站在入口的黑衣人這麼說道，於是西茲少爺把越野車停在離廢鐵較遠的地方。他拔掉蓄電池的端子，用繩索把車體固定住，再拿防水布蓋在駕駛座上。

「要是有機會重逢，就要再麻煩你了。」

西茲少爺小聲留下這麼一句話，然後就拿著旅行袋，走出沒有半個人的倉庫。我也跟隨其後。

我們跟五名黑衣人一起走在漫長的走廊上。他們前三人、後兩人地把我們夾在中間，感覺很像是在押送犯人，但他們還是沒有沒收西茲少爺的武器。這條走廊的地板跟牆壁是灰色的，日光燈顯

「船之國」
—On the Beach · a—

得非常昏暗，中間沒有任何叉路，筆直地通往國家中心。

走廊的盡頭有座大型電梯，我們搭著它往上升。就所在的地點來判斷，應該正在爬升位於中央的高塔。

走出花了蠻長時間搭乘的電梯，我們通過黑衣守衛站崗的大門，其所持之滑套槍機式說服者能擊出散彈。接著前方出現一間寬敞的圓形房間。

那是佔據高塔頂樓大半，以電梯為中心、直徑四十公尺左右的圓形房間。由於它的三百六十度全貼滿了玻璃，因此橫在它前方的大海跟天空降下的藍光，把房間映照得非常明亮。室內還是充斥著突出的鐵板跟管線。過去在牆壁或天花板的壁紙上應該綴有某些裝飾品，不過現在都看不到了。

房間裡排放的椅子呈現放射狀，有十個人坐在我們看得見的範圍內。那些椅子應該可以迴轉吧？這時候，大家都往我們這邊看。

所有人都做黑衣打扮，從體格可以判斷出其中有女性也有小孩。不過，視線不及的地方好像也有人在，所以這房間裡應該一共有三十多個人左右。不過人數較椅子的張數來得少，讓空位顯得格外醒目。只是說，看不到任何一個像常見的王公貴族那樣飽食終日、腦滿腸肥的人，這點倒是有點不可思議。

只有一張椅子的腳比其他的還高，扶手也更厚。那應該是「船長」的寶座吧。坐在上面的，是

一個身材略顯矮小，也做全身黑色打扮，給人的感覺就是「船長」的老人。

進去屋內的我們，立刻被帶到那個位子前面。西茲少爺坐在椅子上，我也坐在他旁邊的地上。

「旅行者，歡迎你來。首先請你聽我的說明。」

「船長」說道，是個有氣無力的老人聲音。

此時西沉太陽的顏色持續變化，已轉為橘紅色。因為「船長」的話充滿太多自誇與多餘的修飾語，我在此將其簡略縮減一番。

這國家的歷史來源不明，好像是「等到發現的時候，所有人都在這兒生活了」。從留下的紀錄來看，至少已經有六百年的歷史。

他們的指導者自稱是『塔之一族』，這個名稱既不獨特也沒什麼創意。他們以「王族」的身分長年統治這個國家，所居住的「王城」就是這座塔。他們掌握整個國家的權力，利用接駁船跟陸地從事貿易活動。

至於屬於被統治階級的一般國民，則都居住在高塔以外，也就是平地區域。由於他們很重視血緣關係，因此居住的區域好像還區分為好幾支部族。

黑衣人目前的人口約有五十人，除此之外的國民合計約三千人左右。就此國的大小來說，我覺得是滿少的。可能也是每年日益減少的關係吧。

這個國家會隨著季節變化，在海上順著海潮移動。雖然配備有簡單的推進裝置，但只要沒遇上觸礁這類的危險，基本上都沒有機會使用。

根據傳統，他們很歡迎渡海的旅行者，也樂意給予他們工作。工作內容大多是在『塔之一族』的指揮下維持國內治安，也就是當警察或保鑣之類的。

若是同意從事這樣的工作，旅行者得到的報酬便是在塔中視野遼闊的房間裡，跟領導者們一起享用同樣的三餐。「船長」還說，如果遇到武藝高強的旅行者，可就幫了他們不少忙。

「必要的話，給民眾們一點教訓也無所謂。最近有太多以『請願』為名義，對國家予取予求的例子。」

既然這樣，你就不該講這句話。至少不能對西茲少爺說。

好不容易有機會發言，西茲少爺一開口，就說希望跟民眾過同樣的生活，從事肉體勞動。

西茲少爺彬彬有禮地對非常驚訝的他們說：

「像我這麼卑賤的人，比較適合那樣的生活。」

西茲少爺是不是在開玩笑啊？

只是他們並沒聽懂這個玩笑，主事者回答：「既然你這麼說的話」，就答應了西茲少爺的要求。

在黑衣人的帶領下，我們往高塔的一樓走去。

穿過電梯前廳那道看似沉重的門，我們在昏暗的走廊上步行了約二十公尺。

當走廊盡頭的門一往旁邊打開，就看到遠處遮住夕陽的城牆內側，眼前則是這個國家的鳥瞰景色。

如果這裡是個普通國家，照理說應該看得見道路、建築物，甚至是綠意盎然的公園才對。不過這裡並非普通國家，現在佔據我們視線的是用黑色金屬拼湊而成、複雜又奇怪的拼圖。

該形容它是不曉得製造什麼物品的工廠內部？還是一個堆放破銅爛鐵的垃圾堆？放眼望去，淨是亂成一團的鐵架與鐵製間架板，還有無數爬行在地上大大小小的管線，根本看不到像是住家的建築物。

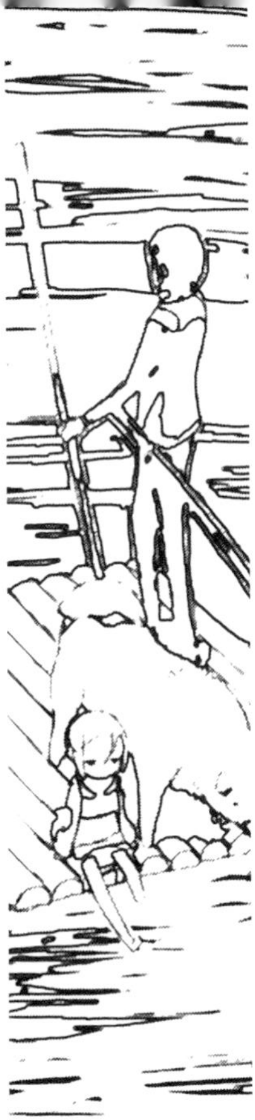

「船之國」
—On the Beach · a—

「民眾們都居住在下層。」

黑衣人說道，西茲少爺說著：「原來如此」，點頭表示瞭解。

目前看到的，應該是以前的機器跟構造物的遺跡吧。照理說，以前上層應該曾經有構造物，也就是蓋有各種建築物才對。如今它們卻全部消失無蹤，變成任陽光無情曝曬的甲板，所以人類才會躲到下面生活。

「這是出入證。即使旅行者跟愚蠢的民眾一起生活，只要有它，就能分辨出是我國的貴客。你可以自行找喜歡住的地方。如果改變主意的話，歡迎你隨時來找我們。接近西方大陸的時候，會派人過來通知你的。」

黑衣人這麼說道，然後把約有萬用手冊大小的金屬板交給西茲少爺之後，就穿過大門返回高塔了。

「那麼……」

西茲少爺把金屬板放進牛仔褲的口袋，拎著旅行袋往前走。他基本上還是挑方便人行走的鐵製間架板，而且順著湊巧映入眼簾的西方——也就是夕陽所在的方位走去。

「好有意思哦。」

西茲少爺邊走邊說，我也立刻察覺到這一點。

位於西茲少爺腳下陰影的位置，有一塊筆直的鐵板，但是它卻往旁邊脫落了。雖然感覺不出晃動，卻是整個國家正在移動的證明。

我們在鐵板上走了一陣子，不久就看到下樓的階梯。

「我是個旅行者，為了要渡海到西方大陸，所以才造訪貴國。由於我希望跟你們一起生活、一起工作，因此希望你們提供給我住處跟工作。」

西茲少爺讓前來迎接的一般民眾感到相當驚訝。

現在我們所在的位置是甲板下方，也就是他們的居住區域。

甲板下方被規畫成多層構造的居住空間。除了被牆壁、鐵板跟管線團團包住，結構複雜之外，狹窄的走廊更是曲折重疊，雜亂無章的階梯中間夾著許多樓層。

過去我們曾造訪過許多貧困國家，也看過無數藏在巷弄後的貧民區。不過，這裡比那些地方還要糟糕，甚至像是用金屬打造而成的洞穴。

「船之國」
—On the Beach · a—

金屬的顏色跟甲板同樣是黑色。之所以沒看到任何鐵鏽，可能是上了特殊塗料的關係。四處裝設有微弱的白色燈光。

這裡面還住了剛剛在接駁船看到的、那群身穿補丁衣服的人。這裡的人口密度並不高。西茲少爺遇到的人們要我們去見長老，接著就帶領我們前往深處。

我們共計在走廊往右轉了三十四次，往左轉了二十九次，上上下下爬了六次半的階梯。一路上經過把我們當成稀有動物看的人們——一般的大人、女性及小孩——面前，好不容易來到長老居住的「房間」。在他們的生活中，好像並沒有「家」這個名詞。

那個長老的房間，應該算是這一帶最大間的吧。不過還是很狹小，光是容納長老、西茲少爺、我及其他四個人就顯得很擁擠。進不去的人，就只好從門口伸長脖子探頭看。明明還有多餘的土地（不曉得這麼說是否恰當，總之是單就面積而言），房間卻這麼狹窄，應該是礙於鐵架跟管線的關係，而無法輕易加寬生活空間的構造吧。

「欸，歡迎你來。」

說起話來平易近人的白鬚白髮長老，看起來大概八十歲上下。他自我介紹說自己是這個部族最為年長的人，已經活了五十五年。西茲少爺跟我都相當驚訝，但是並沒有表現在臉上。

長老對我們兩個客人表示歡迎，還告訴西茲少爺可以不用工作，想待多久就待多久。聽他說的話，似乎並沒有搞清楚狀況。

西茲少爺說，他將在這裡麻煩大家約十五天的時間，至於睡覺的地方跟糧食，他願意用勞動來換取。

我原本以為會演變成一場爭論，可是沒過多久天就黑了，他們的一天也就此結束，必須熄燈，所以有什麼事也只能留待明天再說。因為他們都已經吃過晚餐，我們只得吃攜帶糧食配茶水來果腹。然後，長老便派人帶我們到客房去。帶路的人是一個在我眼中看來約五十幾歲，但實際年齡卻是三十五歲的男子。

「這個房間非常舒適，請替我向長老轉達感謝之意。」

西茲少爺這麼說道。不過，這個房間的空間的確比接駁船要寬敞得多。雖然房間還是被鐵架團團圍住，也有長得像擔架的雙層床，不過倒是各有一條毛毯。廁所、洗臉台跟沖澡間是共用的，就在出了房間的走廊盡頭。

管理水的系統不知道該說是合理還是簡單，大型鐵製水槽就吊在天花板旁邊，而水只是從那裡

「船之國」
—On the Beach・a—

流出來罷了。雖然只是將屯積的雨水做過簡單的過濾，但還是可以飲用。

過沒多久燈全都熄滅了，房間變得烏漆抹黑的，彷彿身在毫不留情的黑暗洞穴裡。可能是附近的房間都沒人住吧，半點聲響都沒有。

「這下傷腦筋了……」

正準備從旅行袋拿出攜帶糧食的西茲少爺，不得已只好拿出小燈。他只使用一下下，就馬上關掉了。

在匆忙吃過味同嚼蠟但營養均衡的攜帶糧食之後，西茲少爺跟我在黑暗中小聲地交談。其實，不用特別低聲說話也沒人聽得見。

「到目前為止都還不錯，房間很安靜，也不算差。」

「幸好現在是春天呢，西茲少爺。要是現在是夏天或冬天，在炎熱地方或寒冷地方飄流，鐵定很不好受。」

「我想也是……他們的生活的確很困苦。不過對他們來說，那可能是理所當然的事吧。」

「這十五天將會是很珍貴的經驗呢。」

「只是，還不曉得這十五天是漫長或是短暫。——今天就早早休息吧。晚安，陸。」

「晚安，西茲少爺。」

第一天就這麼結束了。

第二天早上。

這個國家的人們跟想像中一樣早起。西茲少爺跟我也都習慣在黎明的時候起床，然後過沒多久，屋內跟走廊的燈光就亮了起來，還有人過來敲我們的房門。

昨晚幫我們帶路的男人，說正在分配早餐，便帶我們到那裡去。這一路上的通道一樣很複雜，一個不小心就很可能會迷路。西茲少爺一如往常穿著綠色的毛衣，不過走在人多又悶熱的通道，似乎也覺得有些熱。

由於他沒辦法每天拿著刀走，便把它收進旅行袋裡。反正除了黑衣人之外，沒有任何人攜帶說服者，因此基本上沒有攜帶武器的必要。

我們來到的大廳，看起來像是常見的學校體育館。這裡之所以非常明亮，是因為從天花板管線的縫隙可以看到拂曉的天空。也就是說，如果沒有下雨，甲板的鐵板就會被挪開來。

「船之國」
—On the Beach · a—

大廳隨即聚集了許多人，讓你覺得這麼多人不曉得是從哪兒冒出來的。旁邊冒著蒸氣的房間，應該就是廚房。人們站在那裡排隊，拿著盛了早餐的餐盤跟叉子之後，就坐在大廳的鐵板上吃。地上只擺放著薄坐墊，並沒有桌子。幾名小孩拿著茶杯跟茶壺倒茶給人們喝，這可能是他們的工作吧。

走進大廳的西茲少爺，引來在場所有人的目光後，坐在大廳盡頭的長老便請他過去。我們走到長老及跟在他身邊的人們所坐的位置途中，還得小心避免撞到正坐著吃飯的人們。

西茲少爺坐在長老前面，並道了聲早安。然後，長老把西茲少爺跟我介紹給大廳裡的人們認識，他們也很有禮貌地向我們問候。

他們幫西茲少爺跟我送來早餐的盤子跟茶杯。雖然我們不用排隊，但西茲少爺大概從明天開始就會堅持要排隊了。

「希望合你的口味。」

盤上裝的是魚，一整條清蒸過的魚，上面還撒了鹽巴。

並不特別挑食的西茲少爺，一面吃一面稱讚道。我也吃了，味道相當不錯，不過早餐就只有這個可吃。

據長老的說法，他們幾乎三餐都吃魚，大部分都是蒸魚、煮魚或烤魚。有時候還會將大魚趁新鮮時生吃。其他的食物還有海藻、貝類及顯少捕獲的海獸。

「…………」

西茲少爺好像想說些什麼，不過他並沒有說出來。

吃完飯後，就開始談論工作的事情，也就是繼續昨晚的話題。結果，西茲少爺希望能夠用勞動工作來換取睡覺的地方跟三餐。

「過去利用這個國家『渡海』的旅行者，全都選擇當『塔之一族』的手下，從事嚴密監督我們的工作……可見，西茲少爺真的是個心地非常善良的人。」

長老如此說道，周遭的人們也跟著贊同。雖然大家異口同聲地讚許西茲少爺是個大好人，可是，他純粹是因為要是這十五天什麼都不做，閒閒待在這麼狹窄的空間裡面，可是會害他身體變遲鈍的。但是，我並沒有表示任何意見。

「那麼，容我替西茲少爺介紹一名嚮導。在您停留的這段期間，有什麼問題可以盡量問她。」

「船之國」
—On the Beach・a—

長老說完便下令叫「蒂」過來。

過了一會兒，從人群中走出來的是一名女孩。

從外表看來，大概是十二歲吧。應該不會像昨晚那樣，然後說她「其實只有四歲」吧。況且，她的身高也差不多是那個年齡的小孩。只是以一個女孩子來說，她的頭髮稍微嫌短了些，同時居然是白色的——而且是像雪那樣的白。這個國家的居民大部分都是棕髮或黑髮，除了滿頭白髮的長老之外，就找不到其他人是白頭髮了。她應該不會說出「其實我是八十歲」吧？

她雙眼的顏色是帶有透明感的翡翠綠，這也是至今從其他人身上看不到的特徵。只是，她的表情僵硬，與其說是面無表情，倒不如說是撲克牌臉。從她身上，完全感受不到少女的純真。

至於她的服裝，就跟其他居民一樣到處綴滿補丁。她套著更凸顯出雙腿細得像竹竿的灰色短褲，身上穿著看不出是原本的顏色或是已經髒掉的棕色圓領長袖上衣，背後則附有一個大大的口袋。可能是為了防止在狹窄的場所被撞到也不會痛，兩邊的手肘處都縫有貼布，膝蓋則纏上厚厚的布以代替護膝。腳上則沒有穿襪子，直接套上橡膠製的靴子。

少女靜靜低著頭，站在長老旁邊。

「西茲少爺，這位是嚮導蒂法娜，叫她蒂就行了。」

他這麼對西茲少爺說，然後轉頭告訴蒂：

「這位是旅行者、也是我們的貴客西茲少爺，他停留的這段期間，就麻煩妳當他的嚮導。」
蒂輕輕點頭，然後瞪著西茲少爺看。
對她來說，那或許是她平常看人的方式，不過她那副不苟言笑的表情跟銳利的眼神，感覺真的很像在瞪人。
「請多多指教，蒂。」
西茲少爺說道。
「…………」
蒂一句話也沒說，只是瞪著——或許應該說是看著西茲少爺。
沉默了幾秒，長老焦急地出來打圓場：
「呃～正如您所看到的，她是個沉默寡言的孩子，就請您多多包涵。」
其實我很想知道，為什麼會讓這麼沉默寡言的人來當嚮導，不過西茲少爺倒是不介意，只是點著頭說：
「我知道了。」
西茲少爺跟我暫時回房，嚮導蒂則不發一語地跟在後面。西茲少爺禮貌性地跟她說了好幾次話，不過……

「…………」

她的回答卻總是這樣。

我是不曉得西茲少爺怎麼想的，但是對我來說，無法瞭解她心裡的想法是件傷腦筋的事。不過基本上對於肯定的回答，她會用點頭來回應，否定則用搖頭來表示。

因此，我也試著對她說話。

「…………」

蒂只是低頭看著我，什麼話也不說。我甚至覺得從她那雙綠色眼睛，感受不到任何感情。不過，總比一般人突然說：「這隻狗會笑，好可愛哦！」，並且抱緊我拚命摸的行徑來得好。

西茲少爺進了房間以後，便把毛衣脫下，只剩下一件T恤，然後外面再罩上綠色的連帽外套，只把前襟的釦子扣住。

「那麼，我接下來要做什麼好呢？」

「船之國」
—On the Beach・a—

西茲少爺詢問蒂。

「…………」

這樣根本就不曉得她的答案是什麼。

可是，這並沒有影響到西茲少爺的心情，

「如果有什麼我能夠做的工作，希望妳能帶我過去。如果目前沒有的話，可否在允許的範圍內，帶我認識一下這附近的環境？」

聽完這句話，蒂開始往前走。西茲少爺問道：

「我只要跟在後面就行了吧？」

蒂上下點著頭。

在蒂的引導下，我們參觀了這支部族的生活環境。

大多數的居民都集中住在一起，有一處角落並排了許多房間。至於西茲少爺的房間，似乎是專門給外來的客人住的。

生活中最重要的捕魚設備，就設在必須走下好幾層階梯的地方。那裡有一片像是巨型游泳池的水面，是被切割出來的小小海洋。居民就是在這兒利用撒網或垂釣的方式捕魚的。如果有剩餘的魚，就拿去附近的養殖魚場當飼料。類似這樣的場所，一共有好幾處。

這裡還設有管理能源的房間。位於這個國家的中心部的高塔下方，設有由指導者控制的動力爐，以電氣及熱水的形式供給居民熱能。動力爐也有專屬的管理室，部族代表都在那裡工作。黑衣人偶爾會帶著說服者過來巡視，觀察是否有浪費能源的情形。

其他還有教導孩子們的房間，或許是企圖發揮學校的功能；還有舉行規則莫名其妙、類似球賽的運動的房間，以及應該是充當醫院，專門收留身體不適者的房間等等。

「原來如此。我已經非常瞭解人們是如何在這樣的困境中生活了。——基本上，該認識的環境都看過了吧？」

西茲少爺詢問蒂。

「……………」

她的回答是這樣的。

順便一提，開口說明的都是現場的人們，蒂只是站在旁邊默默等候，等說明結束之後再走向下

一個場所而已。可能他們都心知肚明，因此沒有半個人跟蒂說話。不僅如此，甚至還好像不想跟她有什麼瓜葛。

「…………」

蒂不發一語地再次走出去。接著我們來到了大廳，發現已經開始在分配伙食了。

將烤得焦焦的魚盛進盤裡，西茲少爺坐了下來。蒂也緊緊坐在他旁邊，不發一語地默默吃著。

「謝謝妳帶我參觀那麼多地方。」

西茲少爺向她道謝的時候，蒂突然停下拿著叉子的手，抬起頭瞪著西茲少爺看。

「…………」

然後，又一句話也不說地繼續吃飯。

「下午準備要參觀什麼地方？或是做什麼工作嗎？」

飯後西茲少爺這樣問蒂，她默默地搖頭。

「這麼說來，我可以暫時悠哉地打發時間對吧？」

這次她點頭了。看來，西茲少爺愈來愈能跟蒂溝通了。

西茲少爺又問她有什麼地方不能去，哪些事不能做。經過各式各樣的詢問之後，也分別得到肯

定或否定的答覆。當我提出找別人絕對會比較快的建議，

「反正我們閒閒沒事做，有什麼關係呢？」

西茲少爺這麼說之後，又繼續問她。

經過他們倆交談（？）到餐廳沒剩半個人所得知的結果，目前這個國家存在著四支部族，每一支佔據四分之一的領土（地下）各自生活。因此如果沒有得到許可，最好是不要擅自進入其他部族的生活範圍。除了部族族長會議之外，他們是絕對互不干涉的。主要是大家感情並不融洽，但還是有不同部族的人結婚的狀況，只是好像少之又少。

西茲少爺詢問蒂的身世。

「妳父母呢？」

她一聽就搖搖頭，於是就沒繼續問下去。

西茲少爺跟蒂說不需要她帶路，她可以回房去了。但是蒂並沒有離開，反而賴在西茲少爺的房裡。

「船之國」
—On the Beach · a—

「…………」

她坐在椅子上，一句話也不說地盯著我們看。我猜，嚮導可能同時還負責監視，只是她本人什麼也不說。

至於西茲少爺也是沉默不語，只是自顧自地整理他的刀與行李。接著，西茲少爺就去沖澡。我在旁邊看著蒂，看她由始至終都跟在西茲少爺的屁股後面。

不久，有人來叫我們去吃晚餐，菜色依然是魚。回到房間時，已經接近熄燈時刻。

「…………」

蒂默默無言地走出西茲少爺的房間。

就這樣，結束了在這個國家的第二天。

「我看……可能會比想像中的還要無趣呢。」

西茲少爺不經意地說道。不過，他說的一點也沒錯。

第三天及第四天，西茲少爺幾乎無事可做。就算他提出想要工作的意願，也是得不到同意。據說『船之國』目前正沿著大陸北上，而且這個時期幾乎都捕不到魚。

在這狹小的生活圈裡，外人能做的事情其實也不多。而居民們雖然都和藹可親，但卻沒有半個人跟西茲少爺有特別的深交，願意讓出自己每天的工作，或是積極想聽我們旅行的見聞。

這兩天，我們除了正常享用三餐之外，什麼事都沒做。

「………」

每天的生活，就只是跟沉默的白髮少女蒂往來於房間跟餐廳。有時候，西茲少爺會一面這麼說：

「再這樣下去，我的身體會生鏽的。」

一面抓著天花板的管線練單槓，或是在狹窄的場所做揮刀運動。

「………」

至於蒂，還是不發一語地看著。

第五天早上，領早餐的大廳傳來黑衣人們模糊的說話聲。雖然不曉得是從哪兒傳來的，不過應該是透過擴音器廣播的。

「船之國」
—On the Beach · a—

『請各部族派出三名男子，準備出一整天的公差。必須是之前沒參加過的。』
如此而已。長老立刻喊了三個人的名字，派他們過去。
大致能夠想像得到這是什麼樣的公差，結果果然是到接駁船上去工作，也就是跟這塊大陸進行最後一次貿易。看來，這個國家真的按照著預定計畫移動。
想藉此透透氣兼殺時間和運動的西茲少爺自願前往，卻很遺憾地以一句「不行」遭到拒絕。
「看來，今天又無所事事了。」
西茲少爺唸唸有詞道。
「…………」
蒂則不發一語。
這天吃晚餐的時候，從出去工作的男人們口中得知，有一名來自大陸的旅行者入境了。
那名跟西茲少爺一樣打算渡海到西方大陸的旅行者，按照以往的慣例，接受當那群黑衣人手下的條件，住在視野遼闊的「一級船艙」裡。眾人間瀰漫著一股不安，深怕那個人可能過幾天會來個下馬威，或者沒理由地對他們施暴。
「一般都是選擇當黑衣人的手下啊……」

西茲少爺雖然這麼說，不過看來他並沒有後悔自己的決定。要是那個旅行者過來教訓這支部族的話，剛好可以讓西茲少爺當成殺時間的運動。

「不過，畢竟各人有各人的選擇。」

西茲少爺說道。

「…………」

然後，蒂什麼話也沒說。加上我跟西茲少爺已經習慣她空氣般的存在，所以也沒有特別留意。

夜晚。

在熄燈前的房間裡，我對著躺在床上的西茲少爺說：

「或許當『塔之一族』的手下，就不會這麼無聊呢。」

「應該吧。不過，我就是不想做自己厭惡的工作。況且那份工作搞不好也很無聊呢。」

「是嗎，我們還得忍耐十天呢。」

「船之國」
—On the Beach · a—

「在那之前，就安份點吧！而且盡可能不要跟今天來的旅行者打照面。」

西茲少爺接著補上「好了」這句話，就結束了我們的交談。

差不多該熄燈了，於是第五天也平穩地結束。

「晚安，陸。」

「晚安，西茲少爺。」

「…………」

蒂怎麼還在？

因為燈已經熄了，所以西茲少爺打開自己的照明設備。只見蒂像房間裡的家具一樣，孤孤單單地坐在椅子上。話說回來，我們並沒有確認她是否有走出房間呢。

如果她是什麼暗殺者的話，想必我跟西茲少爺現在已經不在人世了。

「傷腦筋……真傷腦筋啊。」

西茲少爺喃喃說道，再問蒂有沒有辦法獨自回去。蒂搖搖頭。

「…………」

西茲少爺沉思了一會兒。

「…………」

蒂則是若無其事地看著他。
不久，西茲少爺笑了一下，並嘆了口氣。
「上面跟下面，妳要選哪一個？」
蒂輕輕指著雙層床的上方，並站起來從旁邊的階梯爬上去，接著就直接躺下，蓋起毛毯開始呼呼大睡。
「傷腦筋！我也要睡了。陸，剩下的就拜託你了。」
西茲少爺說完就熄燈躺下，然後若無其事地睡著了。
我邊睡邊監視蒂是否會幹出什麼事，不過整晚她都沒有從上層床鋪走下來的跡象，就這麼過了一個奇妙的夜晚。

入境第六天。
與蒂一起吃著煮魚料理的西茲少爺，察覺到跟幾天前不一樣的異狀。

「……怎麼開始晃起來了?」

過去並不曾出現任何晃動。這個國家完全讓人感受不到是浮在海面上，就彷彿站在陸地上生活一樣。

但是，今天卻不同，週期緩和但非常劇烈的搖晃接連出現，甚至看得見碗盤裡的湯汁在晃動。一旦察覺到這種事，就會覺得非常在意。

西茲少爺詢問一名離他很近、正在吃飯的（外表看起來像是）中年婦女：

「像這麼大的搖晃，是很常見的事嗎?」

婦女雖然很訝異有人跟她說話，不過還是據實回答。她說：

「這點搖晃不算什麼。或許會嚇到旅行者您，不過大可放心。」

「是嗎?謝謝妳的答覆。」

西茲少爺說完便離開了。我跟西茲少爺抱持相同的意見：既然居民都這麼輕鬆自然，可見應該不是什麼特別緊急的狀況。

吃完飯後，西茲少爺像個失業者般四處詢問有沒有他可以做的工作，不過還是沒有下文。不過看到男人們群聚出門，照理說應該有拉網捕魚的工作才對。

「洗碗這種工作，我也做得來的。」

「船之國」
—On the Beach · a—

西茲少爺一面這麼唸唸有詞，一面走回自己的房間。我一句話也沒說地跟在後面，蒂也默默地跟在我後面。

正當西茲少爺坐在床上，準備度過他無聊的時間——

突然出現令人感到不悅的劇烈聲響。

「這是什麼聲音？」

西茲少爺抬起頭。那是一種類似低吟的慘叫，聽起來相當刺耳，還夾雜著「嘎——」、「嘰——」這種好像什麼金屬或重物劇烈摩擦的聲音。與其說是從某個定點發出，倒不如說是從遠處將房間四周團團圍住似地大聲響著。連續聽到兩次之後，隔了幾秒又發生一次。

「好像停止了。」

西茲少爺說道，然後立刻看向蒂。她端正的容貌跟平常一樣沒變。

「這種事很常見是嗎？」

她的確沒被這個聲音嚇到。面對西茲少爺的詢問，她也上下點著頭。

「昨天以前完全沒有這種聲音。不過今天起是順著海流移動，是這樣沒錯吧？」

蒂給了肯定的答覆。

「那麼，這種狀況很常見囉？」

蒂再次給予肯定的答覆。接著，西茲少爺皺起眉頭，露出明顯在擔心什麼的表情。

「西茲少爺？」

「陸，我以前好像曾經聽過類似剛剛那種聲音耶。」

我有些訝異，連忙詢問：「在哪兒聽到的？」

「在某個國家。當時我在一棟遭受攻擊而破損的老舊大樓裡，聽到音量很小、卻類似剛剛那樣的聲音。我正在想那是什麼聲音的時候，就有人大喊著，叫大家快點逃到外面。」

「後來怎麼樣了？」

「當大家從大樓跑出來之後——」

西茲少爺跟我走在蒂的後面。

雖說是用走的，不過這個一路上夾雜著鐵板跟管線、實在不適合生活的環境，逼得我們必須用雙手雙腳爬上爬下或鑽洞——「前進」，沒錯，這麼說還比較正確呢。

只有蒂因為體型嬌小，對路又熟，倒是走得很順。有時候因為我的腳構不到，還得不好意思麻煩西茲少爺推我一把。

然後，

「又來了……」

西茲少爺很快就察覺到，並且這麼說。那個聲音又再度出現了。

這一次，還是完全聽不出從哪裡發出來的。也就是說，從四面八方都聽得到聲音，感覺像是設置了三百六十度環場音效的喇叭。

「果然沒錯。」

西茲少爺把臉靠近附近某根鐵管，然後用手觸摸。

我猜出了他沒說完的話，因為那裡正在輕微地振動。

剛剛西茲少爺曾在房間裡這麼說：

「當全體人員跑出大樓之後，它就整個崩塌了。高達幾十層的大樓就這樣應聲瓦解。原來，那種

「船之國」
—On the Beach · a—

聽起來像慘叫的聲音是鋼筋摩擦所發出來的。而要所有人『逃到外面』的那個男人，過去是一名建築師，所以他知道在火災中燒過的鋼筋會變得脆弱。然而，這裡也讓我有——非常不好的感覺。」

然後他問：

「蒂，這附近有沒有什麼地方的構造物瓦解或毀壞？有的話希望妳帶我過去看看。」

「…………」

蒂瞪著西茲少爺好一會兒，好像若有所思。幾秒後，她輕輕點頭並開始帶路。於是我們便離開房間，往稱不上路的通道前進。

我們穿過一段無人居住的區域。由於路線相當複雜，已經快搞不清楚東西南北了。如果沒有蒂，連我都可能會迷路呢。

最後好不容易抵達的地方，是一處廢墟的入口。

跟剛剛那些還能勉強供人通行的場所比起來，眼前這個地方根本是亂成一團。看起來像是餐廳的空間前面，是一整片坍塌的殘骸。在只有老鼠才能進出的空間裡，還隱約看得見幾盞日光燈管，不服輸地發出微弱而詭異的光芒。

「果然……可是，這裡已經崩塌一段時間了吧？」

西茲少爺抓著欄杆，準備下樓梯到大廳去。可能是想穿過大廳，靠近一點看那些殘骸吧。可是——

「——嗯？」

蒂緊握住西茲少爺的連帽外套衣角。

「…………」

西茲少爺訝異地回頭看蒂。蒂仍舊抓著衣角不放，她抬頭看著西茲少爺，並搖了搖頭。

「——妳是在告訴我，最好不要下去是嗎？」

「…………」

她不發一語地點頭。

「知道了，謝謝妳。」

「這國家……不，這艘『船』是什麼樣的構造呢？你看得出來嗎？陸。」

我搖搖頭。既然它能浮在海面上，應該就算是船吧。如果要再追究下去，那我就不知道了。西

「船之國」
—On the Beach・a—

茲少爺轉而拜託蒂，詢問她有沒有辦法深入瞭解構造方面的問題。

「…………」

蒂想了一下，西茲少爺繼續問道：

「隨便什麼都行。譬如，有沒有留下類似舊設計圖之類的東西？或是記載歷史的書籍、紀念碑之類的——」

蒂點了點頭。

然後便開始帶路。這次的路線是必須繞到外面去的。爬上陡峭的階梯之後，我們來到了甲板，那裡可看到外面的天空。

然而，這片數日不見的天空——

「…………」

卻是低矮烏雲快速流動著的壞天氣，完全看不到太陽，彷彿隨時都會落下傾盆大雨。

就連城牆內側，都感受得到強風的吹襲。如果猛烈的風聲在城牆裡聽起來像是巨大生物的悲鳴，那在這個位置的感覺應該算是嘆息吧。蒂的白髮搖曳，西茲少爺的連帽外套衣襬則被吹得啪啦啪啦作響。

「照這天氣看來，海面的風暴應該相當強，更何況這兒又是外海。」

西茲少爺說道，我也表示同意。想必這時候，正有超越十公尺高的大浪在拍打著城牆的後方呢。

「不過，只有這點程度的搖晃，應該是多虧這國家的規模夠大吧？」

西茲少爺回答：「的確沒錯」，又問蒂：「目的地是不是離這兒不遠？」，然後緊跟在點頭往前走的蒂後面。

蒂從這塊鐵板跨越另一塊鐵板。出現在我們前方的，是一座又細又高的塔。

它給人相當大的壓迫感，背後的烏雲偶爾還閃著微弱的光。應該是高空中的雷電正在閃爍吧。

我原以為我們一行人會直接往高塔走去，想不到蒂一個轉身，便往一處階梯走了下去。跟在後頭的西茲少爺跟我，再次回到構造體裡。

「什麼……」

西茲少爺站在原地，啞口無言。這是我們剛剛走過的鐵板下方，也就是從甲板往下走沒多，眼前出現的卻是一片水。想不到原來應該被當成生活空間的場所，已經整個泡在海水裡面了。

「船之國」

—On the Beach · a—

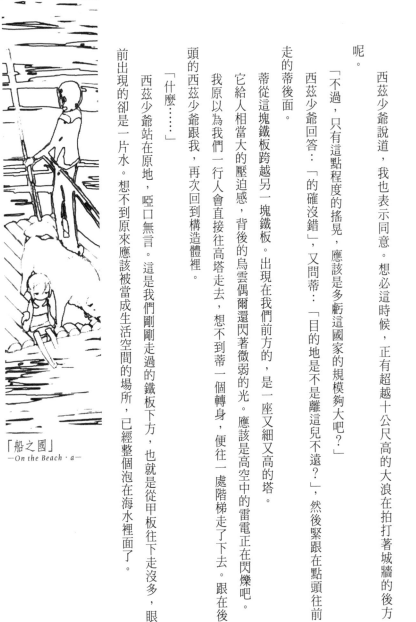

「進水了嗎……對吧，蒂？」

給予肯定的回答之後，蒂又往前走。

「如果這種場所很多的話……」

西茲少爺這麼唸唸有詞，在他背後的我問道：

「就有沉沒的可能性嗎？」

「這還不能確定……」

不久，我們通過了淹水區域，蒂站在某扇門的前面，然後，

「…………」

不發一語地指著那扇門。

「妳要我進去這裡面，是嗎？」

蒂點點頭。西茲少爺用手碰碰那扇門，然後慢慢地把門打開。可能是這門本身就不好拉，在門板與天花板劇烈摩擦的情況下，好不容易才開到人可以進去的寬度。看了裡面一眼後，西茲少爺姑且先跟蒂確認裡頭是否安全。

結果進去一瞧，發現那是個約十公尺見方的寬敞房間。如果這裡還能住人的話，族長應該會選擇這兒當自己的房間吧。天花板上的電燈，也全都井然有序地等距離裝設著。

而我們要找的東西，就在蒂指著的牆上。那是一塊約教室黑板大小的鐵板，不算黑而屬藏青色，上面則畫著許多變淡不易辨視卻很精密的白線。

「這就是這個國家以前的構造圖。」

西茲少爺說道，並且向蒂道謝。

我也盯著那塊鐵板看。上面有從斜上方看這個國家的整體圖，右邊則是從側面透視的剖面圖，以及便於瞭解基礎部分構造的結構圖。

從斜上方看的整體圖是平日的景象。圓形的城牆裡，許多建築物背對包圍著中央那座塔，並延伸出呈放射線狀的寬敞道路，在圍著中央區、像公園的空間之外，還並列著居住用的集合住宅。

這些都是典型的計畫型國家體裁。過去的確……不，應該說很久以前甲板上曾鋪設了大地，也蓋了許多建築物。而中央的塔看起來則比現在要矮上許多。

從旁邊透視的剖面圖，呈現出這個國家的直徑橫切面。甲板上方跟圖示的左邊一樣是集合住宅跟大樓，但甲板的下方就令人玩味了。

「船之國」
—On the Beach · a—

「原來這麼薄?」

西茲少爺發出驚訝聲。看來，他跟我看的地方是一樣的。

剖面圖的甲板下方真的很薄。我剛剛還以為這個國家是像冰山那樣，位於水面下的佔大部分，結果居然完全相反。這個國家只是搭在一塊又圓又薄的板子上。真是有夠薄的「船底」。

從構造圖來看，「船底」只是把薄板用短柱黏在一起，看起來就像是個被壓扁的箱子。然後上面鋪設著薄薄一層過去曾是大地的空間，就是目前這個國家的居住空間。不過，以前應該都是維修用的道路，或是水管、電線的通路吧。

看了構造圖一會兒，西茲少爺讓蒂站到它前面，問：

「從這張圖裡，看得出我房間的位置嗎?」

蒂立刻指著跟現狀完全不同的構造圖的某一點。

「謝謝妳，不愧是嚮導。然後，我們現在的位置是在哪裡?」

她又指了一次。蒂指的位置離高塔很近。由於距離我們這間佔了整體四分之一的房間有點遠，或許是其他部族的領域也說不定。這個現象不並怎麼可喜。

「那麼——」

西茲少爺慎重地說道：

「要是有像剛剛那種『禁止進入的場所』、『淹水的場所』，希望妳把自己所知道的依序指給我。這妳辦得到吧？」

「…………」

蒂輕輕點點頭，然後慢慢舉起伸直食指的右手。

「…………」「…………」

這時候沉默的不光是蒂，還有我跟西茲少爺。

蒂迅速指出每個危險的地方，每三秒就停頓一下，再往下個目標移動，然後再移往下一個。

如果我們沒算錯的話，蒂一共指出了一百四十三個地方。根本就是遍及全國。如果蒂的行動不是騙人也不是裝出來的，那她的記憶力還真是超乎常人地優越。在她指出地點的漫長時間裡，我們一共聽到三次那個聲音。

指完之後，

「船之國」
—On the Beach・a—

「…………」

蒂放下右手，回過頭看我們。

「喔，我知道了……。謝謝妳。」

西茲少爺立刻先向她道聲謝。他告訴蒂可以去休息了，自己則盯著構造圖直看。他一面看，一面問我：

「你覺得呢，陸？」

「我跟你的想法一樣。這個國家——或者說是這艘船，已經移動了六百年，而且應該不曾做過任何維修，所以——」

「照這種到處都是裂縫的狀況來看，應該是撐不久了……過陣子可能會從某處整個瓦解。」

「很有那個可能。」

我說完之後，又雞婆地多加一句話：

「當然啦，應該是不可能在十天內沉沒的。」

「我也不那麼認為。」

西茲少爺立刻回答。

「話雖如此，不過……」

這時候，站在旁邊的蒂，

「…………」

不發一語地抬頭看著這麼說的西茲少爺。

西茲少爺把床鋪充當書桌，開始盡可能依樣畫葫蘆地把構造圖描繪在拿來的紙張上。西茲少爺很會畫畫。當他完全複製好一份之後，再跟蒂一起把每個破損的地點打上╳，這樣地圖就大功告成了。

西茲少爺問蒂是否會寫字，她搖搖頭。也不曉得她是真不會寫，還是不想寫，不過西茲少爺並沒有繼續追問下去。

午餐的時間到了，不過這時候也來不及回去餐廳。因此，坐著的西茲少爺從連帽外套口袋拿出攜帶糧食，把長得像黏土棒的東西遞給我，也拿了一根給蒂。

「…………」

蒂表情疑惑地看著手上那個玩意兒，直到看到西茲少爺開始吃，才跟著送進嘴裡。她小口小口地咬，然後，

「…………」

剎那間……真的是非常短暫的瞬間，她原本板著的臉軟化了。平常看起來在瞪人的眼睛，突然張得大大的。

「好吃嗎？」

西茲少爺開心地問。

「…………」

蒂用她一貫的撲克牌臉用力點頭。

然後，她用非常認真的表情雙手握著攜帶糧食，像松鼠那樣小口小口地把剩下的部分吃掉。

這還是我頭一次看到人類吃著被旅行者批評味道極差的攜帶糧食，竟然吃得那麼開心呢。

吃完東西後，我們踏上歸途。

當然是在蒂的帶領下，要是沒有她，連我自己都沒有自信能夠平安回去。

我們跟當初來的時候一樣上了一次甲板，但這時候卻下起了雨。

大顆大顆的雨滴從天空打下來，一整面的甲板響起金屬被雨滴敲打的低沉聲音。抬頭看天上的雲，比剛剛還要低。

「…………」

蒂從階梯抬頭看天空，並且停下腳步。

「妳討厭淋濕嗎？——其實每個人都一樣。不過，也不能在這裡停下腳步呢。」

西茲少爺說完，拉起連帽外套的衣角輕輕把蒂裹住。蒂小小的身體整個被環在西茲少爺的右側。西茲少爺也把連帽外套的帽子戴上。

「我們走吧。」

「…………」

蒂從連帽外套探出頭來，抬頭瞪著西茲少爺看。也不曉得她是否同意這樣的做法。

「…………」

被包在連帽外套裡的她，直盯著前面看。

「船之國」
—On the Beach · a—

我問：

「西茲少爺，那我怎麼辦？」

「抱歉，你就暫時淋一下雨吧。」

我就知道。

蒂跟西茲少爺互相配合雙方的腳步，爬著階梯往大雨走去。我也抱著淋雨的心理準備，跟在他們後面。

雨滴「啪啪啪啪啪啪啪啪」地打在連帽外套上，發出清脆的聲響。他們兩人在雨中從這塊鐵板走到那塊鐵板，我也淋著雨緊跟在後。

當通往地下的入口道路走到一半時，蒂停下了腳步，西茲少爺也連忙停下來，不小心衝到他們前面的我連忙回頭看。

「怎麼了，蒂？」

西茲少爺問道，蒂跟往常一樣沒有回答。只聽見雨打在連帽外套上的聲音。

西茲少爺拉開裹住蒂的衣襬，看著裡面的小臉。這時候，雨拍打的面積增加，聲音也更響了。

「…………」

蒂輕輕抬起頭，然後閉上眼睛。

西茲少爺小聲詢問看起來像在仔細聆聽的蒂，

「妳喜歡這個聲音？」

「…………」

蒂輕輕點頭。

「那我也陪妳一起聽吧。」

西茲少爺這麼說。於是我開口問：

「西茲少爺，那我怎麼辦？」

「抱歉，你就暫時淋一下雨吧。」

我就知道。

我坐在鐵板上看著他們倆。

個子高挑的西茲少爺跟嬌小的蒂。

兩人就這樣裹在連帽外套下，傾聽雨滴拍打防水布所發出的單調聲音。

至於我，則濕淋淋地看著他們。以聳立的高塔及流動的烏雲為背景，他們倆一直站在那兒不動。

隔天開始，雖然沒有工作可做，但終於找到事做的西茲少爺精力充沛地展開行動。在蒂的帶路下，四處調查破損的地方。

他前往崩塌或淹水的場所，調查破損的程度。如果蒂知道的話，還紀錄下這是從什麼時候形成的。蒂對五年前的事都還有鮮明的記憶，不過照這個情形看來，破損的地方應該每年都在增加。

有些地方的淹水原因一看就知道，因為該處的「船底」很明顯是破的。原本應該黏牢的薄板，竟然開了一道四十公尺左右的裂縫。從蒂的意見來判斷，這地方的龜裂每年都會增加兩公尺寬。

第七天跟第八天就這麼告終了。西茲少爺調查得很起勁，蒂也帶路得很勤快。

以下是題外話。這兩天，攜帶糧食少了很多。我跟西茲少爺抱怨要是減少的速度太快，一旦抵達大陸就傷腦筋了。想不到，西茲少爺卻若無其事地說：

「到時候再去海邊釣魚吧。」

又是魚啊。

「船之國」
—On the Beach · a—

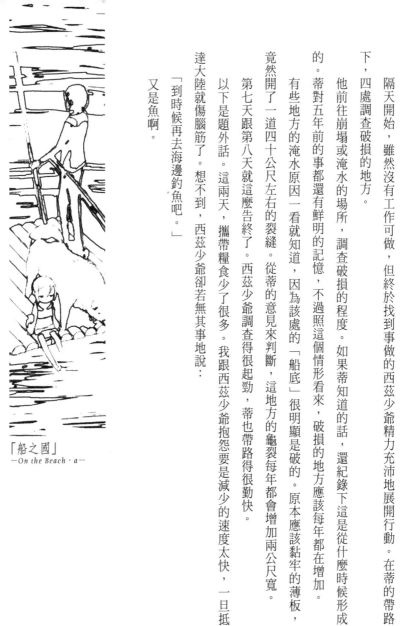

第九天。

整個國家還是在搖晃，不過程度稍微減緩了。那種類似慘叫的聲音非常頻繁，到了這種程度，不特別注意是不行了。這表示情況非常危急。

西茲少爺吃完早餐後去找長老，說有事情想問他。於是，我們前往長老的房間，並且請旁人迴避。只有蒂，好像理所當然地留下來沒有離開。

西茲少爺把這個國家出現裂縫的事情告訴長老。但他沒有劈頭就用指正的語氣指出危險性，而是以擔心的態度來詢問。他說，因為自己閒閒沒事做，於是便跟蒂四處散步，結果便發現好幾個破損處，這件事讓他感到很憂心，不曉得要不要緊。

長老則若無其事地回答：「那沒什麼好擔心的」，西茲少爺詢問他理由為何。

「『塔之一族』對這個國家大大小小的事都掌握得一清二楚。因此，既然他們沒有指出這個危險性，就表示這個國家安全無恙！」

基於我們不知道『塔之一族』的真正目的，因此這個理由並無法說服我們。不過這場對話也讓我們清楚瞭解到，（每支部族的）長老對現狀的認識也僅止於此。他們果然完全沒有把這件事放在心上。

接下來，西茲少爺著手調查他們的生活。他在談話中不經意地提起新生兒的存活率跟平均壽

「船之國」
—On the Beach · a—

命。

「……這樣子啊。」

長老給的答覆是過去前所未見、相當殘酷的數據。不過，生長在這種惡劣的環境，飲食生活又極其單調，會有這種結果也是無可厚非的事。

雖說「只要是定居的場所就是都市」，不過以這樣的生活條件，縱使國家不會下沉，在人口日益減少的情況下，想必這種集團生活最後會無法維持下去的。

「我們對目前的生活甘之如飴，不僅是過去，未來也是。」

長老表情自豪地這麼說。

「…………」

不僅是蒂，連西茲少爺也一句話都沒講。

傍晚，我們待在房間裡。西茲少爺雙手交叉在胸前，若有所思地坐在床邊，有時候還用交叉的手輕敲額頭。

「…………」

蒂則坐在折疊桌旁的椅子上，看著那樣的西茲少爺。她手上還捧著剛剛西茲少爺用固形燃料泡的茶。

距離吃晚餐還有些時間。因為西茲少爺思考太久了，於是我很冒昧地開口對他說：

「西茲少爺——勸你還是稍微休息休息，轉換一下心情吧。」

他看了我一眼，並贊同我的提議說：「這樣也好」。

「那麼，我該做什麼好呢？」

這算是句玩笑話。不過也沒錯，在這淨是狹窄房間與走廊的國家，光是想透口氣都很難。

突然，一聲「喀」的聲音響起。

「…………」

蒂不發一語地把茶杯放在桌上。她站了起來，並拉了拉連帽外套的肩頭。

「要我跟妳走？是要告訴我什麼轉換心情的方法嗎？」

蒂用那張撲克牌臉點了兩次頭，回答西茲少爺的問題。

「船之國」
—On the Beach · a—

「好美。」「真的好美哦。」

我跟西茲少爺說出發自內心的感想。

蒂帶我們去的地方是城牆的上方。出了房間之後，在她的帶路之下，我們走過狹窄的通道，好不容易來到一處螺旋階梯，並且登上它。當沉重的閘門一打開，見到的是強風陣陣的人工絕壁。這面城牆的頂端設有寬約十公尺的通道，還圍起了黑色金屬製的柵欄。

從那兒所看到的景色，只有一句「美麗」可以形容。沒入大海的夕陽，從深灰色的雲層縫隙透出耀眼的橘色光柱。當它反射在水面上，高高的微微波浪就像一面三稜鏡般閃動著光芒。

往西邊的城牆望去，只見一面無際的大海。這種感覺好像……

「在空中飛翔呢。」

西茲少爺握著欄杆，開心地說道。的確有那種感覺。

西茲少爺跟我欣賞著這幅景色，然後，他對著身邊抓著他連帽外套袖子的蒂說：

「謝謝妳，好美的景色。老實說，我已經看膩這個國家的景色了，多虧妳給了我這麼棒的機會透透氣。」

「…………」

蒂還是不發一語，也沒有表情，不過，這時候卻覺得她好像露出滿足的神色。海風肆意地撫摸她的白髮。

太陽下山之後，殘留在地平線上的餘光還照耀著天空的雲朵，不久才慢慢變得黯淡無光。

我們一直在那兒待到黑夜正式來臨，甚至分不清海面跟天空的分界線為止。因為蒂看這幅景色看到出了神，西茲少爺也就奉陪到底。

結果，我們錯過了晚餐，只得在睡前待在房裡吃攜帶糧食。

看著蒂卡滋卡滋地吃得很開心，不禁讓我懷疑這會不會就是她的目的。

「…………」

蒂一句話也沒說。

夜幕低垂。

「現在，國民完全無法理解狀況，我們也無能為力。結果，只好詢問指導者們的想法了……」

「我想也是。」

西茲少爺跟我降低聲量密談。熄燈後的房間變得一片漆黑。

我趴在西茲少爺的床邊跟他交談，並小心翼翼不要吵醒理所當然地睡在上層，正發出微微呼聲的蒂。

「要是那些指導者堅持維持現狀——這個國家就沒有未來可言了。」

西茲少爺斬釘截鐵地說道。經過這三天的調查完成的圖，因為（標示出來的）裂縫實在太多，已經變成了一片黑。這也表示這幾年來龜裂的增加率非常快速。

「我同意。照這樣子下去，無論是國家下沉或是人民死去，總之這裡已經維持不久了。」

「而且，大家都沒發現到這些缺陷。發現自己是住在空中樓閣……並非住在樂園裡……」

「這個國家長老級以下的居民，都已經把那些前兆當成是理所當然的事。就算予以指正，他們應該也不會明白的。」

「也就是『不把過於日常化的問題當成是社會問題』對吧？你顧慮得沒錯……」

說完之後，現場暫時一片寂靜。西茲少爺一副若有所思的樣子，這時候，那個聲音又大大地響了一次。

然後，

「我決定了。──明天要去找指導者談。」

「跟指導者們『談』？不是『說服』？」

「暫且先談，到時候再看他們的態度如何。──晚安囉，陸。」

接著，西茲少爺一下子就睡著了。

雖然不曉得明天會有什麼狀況發生，但至少不會讓我跟西茲少爺感到無聊吧。

第十天。

照預定行程的話，這個國家應該已經接近大陸邊緣了。接著便要從這裡開始往大陸的近海南下。

按照原先計畫，這個國家應該會在四天後跟大陸進行交易，而西茲少爺跟我也能順利渡海，然後若無其事地告別這個國家，再也不會踏進這裡。

然而，西茲少爺在吃完早餐後，便從旅行袋中拿出睽違九天的愛刀，看來他並沒有改變主意。

接著又從旅行袋裡拿出兩個布包，並把蓋子打開來，確認裡面的東西。裡面各放了兩只類似噴劑的鐵罐。其實那並不是噴劑，而是比噴劑更加危險的東西。西茲少爺平日幾乎不用，但是他判斷這次可能會派上用場。基本上，能不用則不用。

西茲少爺把那兩個布包穿進皮帶裡掛起來，然後把刀垂直藏在連帽外套裡面。

「…………」

他對看到這幅景象感到困惑的蒂說：

「妳暫時待在這裡，知道嗎？」

說完，西茲少爺跟我便走出房間。

「…………」

可是蒂又理所當然地跟了上來。

「蒂，妳聽我說。」

接著西茲少爺跟蒂一問一答。

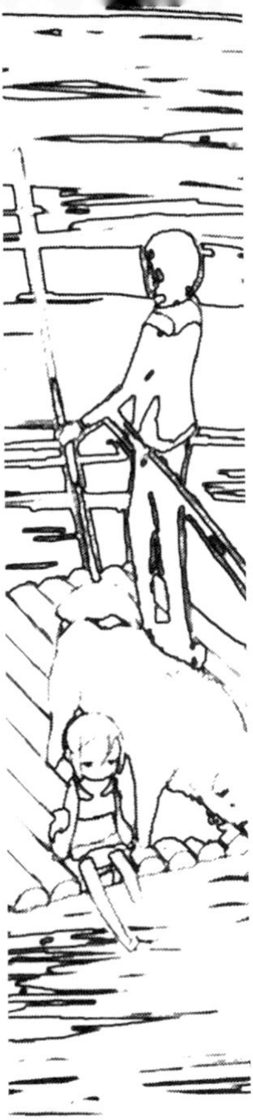

「船之國」
—On the Beach・a—

「——今天可能沒什麼需要妳幫忙的地方，所以希望妳能夠待在房裡。」

「…………」

「——而且，照情形看來可能會有危險。」

「…………」

「——所以——」

「…………」

「也就是說……」

「…………」

結果，始終不發一語的蒂獲得壓倒性的勝利，西茲少爺只能無奈地低著頭。可是又不能把她綁在房間裡。

「拜託你了，陸。」

於是我就成了蒂的保護「人」。

西茲少爺跟我還有蒂，穿過第一天走過的通道，往甲板的方向去。

天空中烏雲密佈，看不見太陽。風勢雖然不大，不過厚重的雲層卻給人一種壓迫感。

西茲少爺一走出外面，就拔出懷裡的刀，然後穿過連帽外套的破洞插在皮帶上。

「那麼……」

西茲少爺經過甲板往高塔走去。跟在後面的我跟他隔開一段距離，讓蒂確實地跟在他後面。

由於從高塔上面能夠輕而易舉地看到我們，

『旅行者，請你們站住。』

聽到這句話時，我們並沒有很驚訝。這是從高塔的擴音器傳出來的聲音。這時候，我們距離高塔的入口約有十公尺，然後西茲少爺停下了腳步。

「你好。聽得到我說話嗎？」

這是西茲少爺的聲音。雖然他並沒有特別提高聲量說話，不過有回答傳來，就證明對方確實有聽到。

『有，聽到了。——旅行者，距離上岸還有幾天，你打算改變主意留在這裡生活嗎？』

「不，我只是有點話想說。是關於這個國家的未來。」

「船之國」
—On the Beach · a—

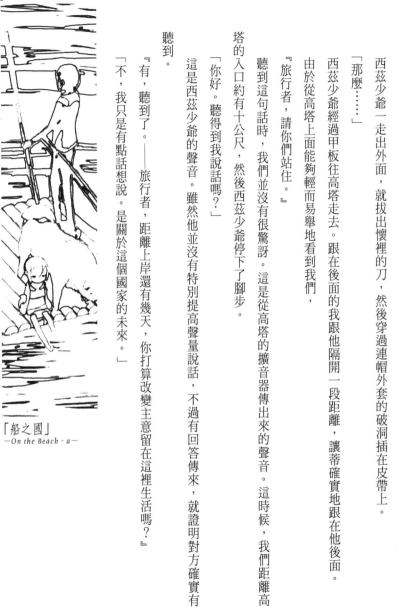

西茲少爺說完這些話之後隔了一陣子，

『嗯，聽聽也無妨。你想說什麼呢？』

這次說話的聲音跟剛剛完全不一樣，而且好像曾經在哪兒聽過。是入境第一天，對我們長篇大論的老人——「船長」的聲音。

西茲少爺繼續站在原地，把自己的想法毫無隱瞞地說出來。根據他在這個國家調查的結果，發現船的構造面及生活面都有不容忽視的缺陷，但是居民卻都沒有察覺到。

「關於這些問題，希望身為掌握數千人民性命的指導者能說說自己的想法。」

然而，得到的答覆卻非常簡單乾脆。

『我沒有任何想法。』

雖然我沒看到，但此刻的西茲少爺想必一定是皺著眉頭吧。他又問了一次：

「……你的意思是？」

『就算這個國家真如你所說的維持不久，那也是命運注定。』

這次一樣回答得很快。

「或許你們覺得無所謂，可是民眾的想法呢？」

西茲少爺加重了語氣。

「…………」

我跟蒂則一起望著他的背影。

回答傳來：

『這裡是我們統治的國家，因此國土及民眾都是屬於我們的。基於我們的意志，不管發生什麼事或誰怎麼樣，那都是命運的安排，大家只能一起面對。——不關旅行者的事。』

雖然早就料到會這樣，但是對方講得這麼白，就更讓人容易瞭解他們的想法了。不過，這同時也更方便西茲少爺放手一搏。

「原來如此……你的想法我非常瞭解了。」

西茲少爺語氣堅定地喃喃自語道。事情都到了這個地步，總不能說「那麼我們四天後再見」就草草了事。

「那麼，就算我佔據高塔，改變這個國家的行進方向，譬如說上岸——你們也覺得那是命運的安排囉？」

「船之國」
—On the Beach · a—

『當然。』

就在回答的同時，高塔入口的門靜靜打開了。然後，

「…………」

一名黑衣人默默地出現。

他的身材雖然不是很高，不過全身卻散發出戰鬥的氣勢。恐怕，對方派出的是他們當中身手最好的人。

他手上握著長約一公尺、能擊出散彈的滑套槍機式說服者，大衣下面也懸掛著掌中說服者。

「船長」代替那名黑衣人說：

『我們當然不能讓你太過囂張。』

西茲少爺看似開心地說：「原來如此」。

話說到這裡，接下來到了說服的時間。我用頭把蒂從鐵板旁邊的通道推到左邊去，不然黑衣人要是從正面開槍的話，站在正後方的我們可是很危險的。

蒂跟我離得遠遠的。當我們在放在一旁的廢鐵陰暗處蹲下，

「好了——」

西茲少爺對眼前的黑衣人說話。

「可以的話，我並不希望殺死連你在內的指導者們，可否請你把路讓開呢？」

「…………」

對方並沒有回答，只是「唰喀」地拉開說服者的滑套，讓散彈上膛。

「看來你並不想讓路。」

西茲少爺沒有拔刀，他一面說話，一面慢慢往黑衣人走去。

「可是就結論來說，我覺得我的想法對你只有好處啊。」

他邊說邊往前靠近。為了不讓對方察覺自己正在逼近，因此用不經意的說話方式來引開他的注意，同時拉近雙方的距離。這是西茲少爺一貫的做法。

一個散彈殼通常大概裝九顆子彈，擊出後會整個飛散而出，因此威力非常大。可是若是太靠近目標的話，子彈就無法散得很開。以西茲少爺的手腕，應該就有辦法閃躲。

只要擊出一發，接下來就得再上一次膛。加上說服者又很長，太近也不好瞄準。我猜，西茲少爺應該會趁上膛的空檔一口氣接近對方吧。因此只要黑衣人對西茲少爺開出一槍，勝負就可立見分曉。

「請放心，我不想要你的命。」

西茲少爺邊說邊接近對方，還一度抬頭看了一下高塔，確定上面沒有其他狙擊手。其實，我從剛才就在注意了，不過截至目前為止是沒看到類似的人影。

西茲少爺與黑衣人的距離已經縮短到五公尺。不過黑衣人也頗有膽識，至今仍沒有輕率開槍。

「…………」

像守衛般把槍管向上，動也不動的黑衣人說：

「你挺厲害的嘛。」

左手姆指抵著刀鞘口的西茲少爺，

「…………」

則與站在我斜前方盯著兩人的蒂一樣沉默。

下一秒鐘——

「唔！」

西茲少爺有反應了。黑衣人終於有所行動。他把說服者抵在肩膀，瞄準西茲少爺，擺出開槍的架勢。

我想，西茲少爺一定是看到對方鎖定了目標，食指也擺出動作。他沒有拔刀，迅速地閃到右邊。

對方開槍了。

槍聲響起，散彈穿過無人之處。西茲少爺一面拔刀，一面準備對黑衣人進行攻擊。

這下子他沒有時間上膛，也沒有時間瞄準。

西茲少爺贏定了。

正當我這麼認為的時候，黑衣人竟然做出令人無法置信的動作。

「什麼?」

也難怪西茲少爺會發出驚呼聲。因為黑衣人開完槍之後，就把那把說服者給扔掉了。

想必他從一開始就有這個打算。因為他一開完槍，就像在做刺槍動作似地把槍迅速丟掉。世界上有哪個笨蛋，會在戰鬥中做出棄槍的動作?想不到眼前還真有其人。

「可惡!」

「船之國」
—On the Beach · a—

西茲少爺立刻拔刀擋住這突如其來的攻擊。原本接近對方的他，勉強用刀身把笨重的說服者打到左邊去。

黑衣人就靠這製造出來的瞬間空檔，拔出自己的說服者。

速度真是快得令人瞠目結舌。他把右手伸進大衣旁的接縫處，當手拔出來的時候，已經握著一把大口徑的左輪手槍。他一拔槍，就從很低的位置瞄準正在接近的西茲少爺。

「唔！」

西茲少爺立刻停下腳步，往後退一步，然後重新擺出備戰的架勢。想不到，他竟然無法成功縮短雙方的距離。至於被打掉的說服者，則落在遠處的鐵板上，還發出好大一聲「鏗啷」的聲音。

「呼……嚇了我一跳。」

雙方對峙的距離約三公尺，西茲少爺一面用刀身注意黑衣人下一波的攻擊，一面這麼說。

「我也嚇了一跳喲。」

黑衣人說完，便用左手把面紗撩起來。

「咦……」「啊！」

西茲少爺跟我當場訝異不已。

「…………」

只有蒂沒有說一句話，還用不可思議的眼神看了一下發出叫聲的我。

想不到，眼前的黑衣人竟是我們過去曾見過的人。

「妳是……奇諾！」

西茲少爺叫出那個人的名字。站在那兒的，的確是之前在西茲少爺的故鄉舉行的殺人競技上，最後讓西茲少爺落敗的對手。

奇諾用左手把面紗跟帽子從頭上摘下，然後丟在鐵板上，露出微亂的短髮。

「他們借這套服裝給我固然是不錯，不過戰鬥的時候真的很不方便。」

「妳怎麼會在這裡——」

西茲少爺話說到一半，就沒再說下去了。理由應該很簡單。

五天前，有個跟我們一樣入境這個國家，準備渡海到西方大陸的旅行者。原來那個人就是奇諾。然後，她受雇擔任黑衣人的工作，所以才會在這兒出現。

「想不到……我們會在這麼不可思議的地方重逢。」

擺著備戰架勢的西茲少爺稍微放鬆力量，並且笑容滿面地對她說。

「就是說啊。——呃，看到你這麼有精神實在是太好了。」

奇諾用很普通的表情這麼回答。

「謝謝妳的關心，妳也是。」

「是啊，託你的福。」

在打完招呼之後，奇諾問：

「對了……呃——你叫什麼名字來著？」

「…………」

不曉得她是真的忘了，還是心理攻擊？但是西茲少爺真的覺得很沮喪。他略顯有氣無力地說：

「我叫西茲……」

「啊～對喔。——在你後面的是陸對吧，牠的名字我還記得哦。」

「…………」

這下慘了，更嚴重的傷害無情地襲擊西茲少爺——我猜啦。

「那麼——暫時撇開這些不談，現在我正替指導者們工作來抵渡船費。雖然不是我很感興趣的工作，但基本上為了填飽肚子，我也迫不得已。可否請你離開這裡呢？」

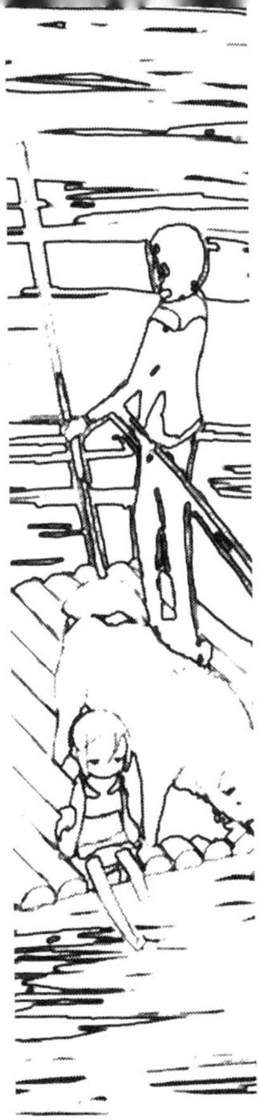

奇諾立刻拉回正題。

「我拒絕。」

「你並不是這個國家的居民，而且你看起來也不像那種會替不是自己祖國的國家自告奮勇涉險的人。」

真不愧是奇諾，她明確地指出最重要的一點。因為照常理來想，旅行者只要顧好自己就行了，沒必要替他國或別人操心。更何況還要豁出自己的命，這根本就是瘋了。

可是，西茲少爺毫不猶豫地回答：

「因為我知道了這件事。要是我的力量能給予許多人『未來』的話──」

「…………」

我覺得好像聽得見西茲少爺握緊刀子的聲音。雖然從我這兒看不到西茲少爺的表情，

「那我倒是想試試看。」

但他一定是笑得很開心吧。

「……是嗎？那就沒辦法了，我只好繼續我的『工作』了。」

奇諾全身的神經突然繃緊。

「重新再戰是嗎？」

西茲少爺的背部也整片繃緊。

奇諾握著腰際的說服者，抬高瞄準，不過西茲少爺也擺出不管子彈從哪兒打來都有辦法擋掉的架勢。

我原以為這場戰鬥會陷入膠著狀態，想不到奇諾又做出令人意外的舉動。她舉起左輪手槍，朝我跟蒂的方向瞄準。

「什麼！」

西茲少爺連忙出刀。奇諾開槍了，槍聲與白煙同時產生，她的右手也因為反作用力而往上彈。

然後子彈……

「…………」

從相當高的位置飛過動也不動的蒂的頭上。照理說，子彈應該是打中後面的鐵板，但是卻沒發出任何聲響。原來如此，我明白了。

正當瞬間露出驚訝神色的西茲少爺，看著奇諾重新擺起架勢的時候，

「船之國」
—On the Beach · a—

「什麼？」

卻只看見奇諾急急忙忙逃走的背影。她全力往塔的入口衝，然後消失在裡面。

敵人躲進我方無法掌握的塔裡，基於不能白白在外面挨打，西茲少爺立刻離開出口，快速地往高塔跑，身體緊貼著敞開的大門右側。

「哈，果真是個強敵呢。」

他講得好開心。

「…………」

蒂不發一語地站起來，我正準備阻止她，她卻穿過我身下朝西茲少爺跑去。於是我急忙追在後面。雖然奇諾暫時不會開槍，但也不是非常安全。

我一路狂奔，在塔的入口不遠處終於追上了蒂。她站在西茲少爺的反方向，貼在入口的左側，我則站在她腳邊。

西茲少爺對一臉擔心地瞪著自己的蒂說：

「馬上就結束了喲。」

隨即把刀收進刀鞘裡，然後右手從腰際的包包拿出一罐「噴劑」。他緊緊握住附在旁邊的桿子，再用嘴巴拔出前端的針頭。

「蒂，把耳朵塞起來。」

「…………」

西茲少爺確定蒂照他的話做了之後，就對著入口大叫：

「奇諾！希望妳現在投降認輸，我會接受的！」

好熟悉的一句話。她當然是不可能投降的啦。

「我拒絕！」

奇諾的叫聲一面發出回音，一面從走廊傳過來。

「我想也是。」

西茲少爺邊說邊把右手的鐵罐往後扔。剎時，鐵罐旁的護夾彈開。

那玩意兒「鏗！鏗啷鏗啷！」地在走廊滾動，過沒多久就爆炸了。

轟然巨響化成爆風直衝屋頂，同時還發出閃光。走廊瞬間大放光明，從門口投射出一條細長的光芒。

「船之國」
—On the Beach · a—

其實西茲少爺丟進去的東西，是被稱為「閃光手榴彈」或「閃光彈」的特殊武器。

一旦插硝拔掉、護夾彈開的話，裡面的火藥就會點燃，大概四秒左右就會爆炸。它使用的步驟跟一般手榴彈相同，不過產生的並不是殺傷力強的爆風與炸裂的碎片，而是強烈的閃光與聲音。我不像西茲少爺跟蒂能夠捂住耳朵，這聲音可讓我吃了不少苦頭，甚至還會頭昏腦脹呢。

我們在外面就能感受到這麼震撼的威力，位於長廊的奇諾可能就慘了。要是她因此休克或不省人事的話，那西茲少爺就贏定了。

當薄煙散去之後，西茲少爺拔出愛刀，小心翼翼地穿過大門。他前進的時候把刀擺在前面，以便隨時應付來自各方的攻擊。蒂一直想要往前探頭，都被我用身體擋住了。

「……為什麼？」

西茲少爺充滿疑問。在我問他：「怎麼了」之前，

「不見了……」

聽到西茲少爺這麼說，於是我往塔裡面看。蒂也跟著探頭看。

昏暗的走廊裡只有西茲少爺一人，並不見奇諾的蹤影。正前方二十公尺處，則是一扇關得緊緊的、通往電梯前廳的門。

雖然奇諾並不是沒有逃到門後的可能性，問題是很難想像聲音能透過那扇門傳出來。可是，走

廊上又沒有能夠逃往別處的出口。

正當西茲少爺走到走廊一半的時候。

「…………」

這時候，站在蒂旁邊的我突然被她踩了一腳。

「好痛！」

西茲少爺回頭看不由得叫出聲的我，

「…………」

然後，我跟西茲少爺又看著不發一語指著走廊旁邊的蒂。

西茲少爺跑過去看蒂所指的東西。

「謝謝，妳先退到後面。」

他小聲說道。真不愧是蒂，眼前出現的是一個類似通風口或排水溝的大洞，以及擋住它的鐵架，而架子並沒有釘死。

「船之國」
—On the Beach · a—

西茲少爺小心翼翼地把鐵架取下，身體滑進洞穴裡。正當滑進的聲音消失的那一瞬間，

「喝！」

只聽見西茲少爺的吆喝聲，以及某種金屬被破壞的聲音，連續不斷的崩塌聲從洞穴傳出。他似乎正在跟逃到下面的奇諾戰鬥。

並沒有聽到說服者的聲音，過了幾秒後連戰鬥的聲音也停止了。我往洞穴探頭看，正在猶豫該不該像西茲少爺那樣滑下去的那一瞬間，

「…………」

咚！

「哇！」

我被蒂從後面推下去，害我用很奇怪的姿勢滑進洞穴，還「啪」地以頭著地。相當痛呢。

我摔下來沒多久，就以斜著的姿勢看見西茲少爺的背影，卻馬上被蒂那雙從天而降的雙腳給擋住。原來她也滑下來了。幸好我的鼻子沒被她踩爛。

「讓她跑了。」

西茲少爺開心地說道。我起來之後，發現眼前是一條寬敞的通道。我腳下踩的是鐵板，左右兩旁則有好幾條管線，低矮的天花板鋪設著格子狀的鐵板。牆壁上的日光燈管大多是亮著的，因此這

裡比剛剛的走廊還要明亮。
西茲少爺的刀立刻對著T字形的轉角。
「不過卻把她弄濕了。」
西茲少爺說道。原來如此，我們腳下的鐵板出現一大塊濕掉的痕跡，而天花板附近的水槽被砍出一道裂痕後倒在地上。可能是西茲少爺劈到它之後，又踢倒在地上的吧。水滴轉往右邊，這下子就能掌握她逃到哪裡去了。
西茲少爺慢慢往前走，蒂跟在他後面，我則隔了幾步的距離緊跟著。
到了轉角，西茲少爺小心翼翼窺探奇諾並不在之後，才彎了過去。一路上他不斷重複這個動作，然後再前進。水滴不斷地往裡面延伸。
前進一段距離之後，我們再次遇到叉路。這次是個十字路口，水滴往左邊延伸。擔心這或許是陷阱，於是也確定其他方向沒人之後，我們才往左走。
轉過去沒多久，

「船之國」
—On the Beach・a—

「在這裡待著。」

西茲少爺小聲說道。蒂跟我停下了腳步。

啪答！

是水滴的聲音。兩次，然後三次。

距離西茲少爺前進路線的五公尺處，有水從天花板的格子狀鐵板滴下來，在地面形成了水窪。往前走十公尺，又出現一個十字路口，那裡的地板就沒有水漬。

西茲少爺往前走一步，再走一步。他沒有發出腳步聲，舉著刀往前進。

正當水滴處跟西茲少爺的刀距離很近的時候——

突然發出「嘎鏗」一聲，天花板的鐵板掉了下來，然後往另一個方向搖擺，掉出一個黑色團塊。

「喝！」

西茲少爺毫不考慮就往那個團塊橫砍下去。想必他早就知道那不是奇諾本人，而是用繩索綁好的圈套。

結果，掉下來的只是一件濕答答的黑色大衣。西茲少爺輕輕甩一下他的刀，牆壁便發出「啪嚓」的聲音。擔心奇諾趁機在叉路口進行攻擊，西茲少爺正想重新擺出持刀的架勢。

就在這一秒鐘，又有其他黑影從上面掉在西茲少爺眼前。難道奇諾是在那邊？

「喝！」

重新擺好架勢的西茲少爺，立刻用刀背往左邊砍下去。

隨著「嘎」的一聲響起，那個物體——裡面只剩沒多少水的水槽，撞到左邊的牆壁發出劇烈的聲音之後便掉在地上。結果，這又是一個圈套。

在這劇烈的噪音裡，我聽到叉路左邊響起「咯咯」的跑步聲。

然後，西茲少爺也跟著聲音往前跑，他打算一口氣把她逼到走投無路，來做個了斷。他穿過洞穴底下。

然後——奇諾出現在天花板。她腳勾在鐵板上面倒吊著，身穿之前看過的黑色夾克，雙手握著左輪手槍，短髮全部往下垂。

她正瞄準著西茲少爺的背部。原來她一直都待在那裡。通道前面的聲音其實是個圈套。

「……唔！」

往前跑的西茲少爺察覺到並回頭，眼前只看到四四口徑的小洞。

而槍管的後面則是倒吊著的奇諾。

這時候，「咚」的低沉槍聲響徹通道。

這下子西茲少爺又輸了。他被擊中之後，就整個人往後倒。

「…………」

西茲少爺張開眼睛，首先映入他的眼簾的，是用綠色眼睛瞪著他看、不發一語的蒂。

他被擊中後休克昏倒了五秒，倒吊的奇諾則輕鬆用單手跳下通道。她拾起西茲少爺的刀，然後把它立在後面。

西茲少爺的額頭上，有以極近距離被打中的痕跡，而且是好大一塊瘀青，我看沒多久就會腫起來吧。

而擊中西茲少爺的子彈，被蒂撿了起來。

「怎麼回事？——我還活著嗎？」

西茲少爺一面說著，一面起身。蒂連忙往後退。

「他們交待說，不能讓人口減少——」

奇諾說道。蒂把她手上的東西拿給西茲少爺看，那是一顆四四口徑的硬橡膠塊，是不會致命的BB彈。難怪剛剛她對我們開槍的時候，後面沒有發出任何子彈彈跳的聲音。而且，她還特地把液體火藥的量減了不少呢。

「他們指示我使用那種子彈。」

「…………結果，我又輸了……」

西茲少爺對著眼前的蒂，露出不甘心的表情。

雖說沒有被殺……不，西茲少爺知道，就是因為沒有被殺才必須認輸。同時這也表示，他只能眼睜睜讓蒂跟這個國家的國民置身險境。

「基於這個原因，不好意思，就請你這幾天安分一點。」

奇諾斬釘截鐵地說道。她的那把說服者已經收進槍袋，不過隨時有什麼動靜就能在瞬間拔出。

我對西茲少爺接下來會採取什麼行動很感興趣，不過在那之前，

『奇諾，聽得到我說話嗎？』

黑衣人透過擴音器所發出來的聲音，把這一帶團團包住。

「聽得到喲。我這裡已經搞定了，就跟往常一樣——」

『奇諾，聽得到我說話嗎？妳沒事吧？』

「聽得到喲。」

奇諾大聲回答。

『聽得到的話就快回答！』

不過，黑衣人只是一味地要求奇諾回答。看來黑衣人聽不到這裡的聲音。

「真是的，照理說，在塔裡應該能聽到發自任何地方的聲音啊。」

就在奇諾感到訝異的時候，

『唔唔唔——西茲少爺，我不會讓你稱心如意的。』

是「船長」的聲音，聽起來有些憤慨，而且是完全會錯意了。

『現在，這個國家要轉回大海。』

「咦？請等一下！」

奇諾緊張地說道，但她的聲音並沒有傳到對方那兒。接著，從腳底響起某種東西開始啟動的聲音及震動，是「啪啪啪啪啪」的動力運轉聲，接著是有別於前幾天的微妙晃動。

「難不成——他要移動這個國家？」

西茲少爺說道。

「…………」

然後蒂點了點頭。

「等一下！那我怎麼辦？」

『這個國家已經決定不靠岸了。西茲少爺，接下來你就跟民眾一起生活到死吧。』

對方並沒有聽到奇諾的詢問，直接給了這個回答。

整個國家持續搖晃，動力的聲音也沒有中斷。這期間，還聽見好幾次那個類似慘叫的聲音。照這情形，可明顯得知「船長」相當勉強地趨使國家移動。

「接下來，我要登上高塔佔據控制室，讓這個國家跟大陸銜接。任何想阻止我的人，我會盡全力排除的。——要不要跟我一起去？」

「我明明打贏了……」

「船之國」

—On the Beach · a—

奇諾露出非常非常沮喪的表情，然後把擺在她後面的刀交給它原來的主人。

「什麼！你們到底——哇！」

黑衣人話還沒說完，就被西茲少爺用刀背砍了一刀，倒在地上。

高塔除了設有電梯之外，還有一處螺旋梯。西茲少爺打前鋒，然後奇諾、我跟蒂也跟著往上爬。

西茲少爺對前來阻止的黑衣人毫不留情。奇諾似乎提不起什麼勁。

「妳竟然背叛——咕哇！」

但她還是朝打開邊門衝出來的黑衣人的額頭射擊BB彈，讓他們昏倒在地。

在上樓的途中，

「進去旁邊那扇門看看吧。」

奇諾突然這麼說，於是西茲少爺打開了那扇厚重的門。門一打開，就有刀子襲向他們兩人，但不一會兒就被刀柄跟刀背打掉了。

「這裡是……」

走進裡面的西茲少爺大吃一驚。我跟蒂也走了進去。原來，那個房間擺滿了堆積如山的木箱，算是收納槍砲跟手榴彈之類武器的彈藥庫。

「我們就借一些走吧。這裡也有剛剛那種吵死人的手榴彈喲！」

奇諾說著便打開木箱蓋。她一把抓住裝有閃光手榴彈的布袋，塞給西茲少爺。

「…………」

當時蒂就跟在我後面。雖然時間短暫，我並沒有看見她做了什麼。

我們從倒地的黑衣人旁邊繼續往上爬。

黑衣人的數目應該不是很多，至於剩下的都在頂樓的控制室。

兩人把門前的守衛痛打一頓後，打開了門。不過，這些黑衣人還真是柔弱。才看過西茲少爺跟奇諾的戰鬥，因此更是顯而易見。他們連像樣的抵抗都辦不到，就立刻昏倒了。在放置了兩顆閃光手榴彈的控制室裡，也有許多人東倒西歪地躺著。

控制室就像是大型船隻的操舵室。裡面有觀景窗，以及發出微弱光芒的儀表與機器。

「船之國」
—On the Beach · a—

從窗外遠處隱約可見到陸地，絕對是我們想要登陸的西方大陸。

西茲少爺從頭到尾檢查過機器，好不容易發現正在運作中、發出「滋卡滋卡」聲音的監視器。想不過古人建造這個國家的高度技術，至今仍歷久不衰。

看著機器的西茲少爺，可能是終於找出了操作方法，於是用手觸摸監視器的畫面。然後，整個國家可能是因為緊急停止的關係，一度嚴重地傾斜。因為我們現在站在高塔，傾斜度更是明顯。

「你摸出來了嗎？」

奇諾緊緊抓住腰際的說服者，語帶擔心地問。不久，西方大陸的影子緩緩地變得愈來愈大。西茲少爺回答說操作方法非常簡單，只要對著畫面下指令就行了。

這時候，控制室的門被打開，「船長」出現在反應迅速的奇諾所瞄準的前方，還有兩名似乎是女性的黑衣人，從兩旁扶持著他。他們身上並沒有攜帶任何武器。

西茲少爺看著他們。

「…………」

蒂也瞪視著他們。

「西茲少爺，你到底想做什麼？」

西茲少爺老實回答了這個問題：為了不讓這個國家沉沒，因此打算讓它駛上沙灘，免除沉沒的危機，之後再向人民提議在陸地上生活。
「你那麼做又有什麼用？」
「至少能夠拯救這群人脫離悲慘的處境，否則這樣下去大家都會沒命的。」
「你打算當這個國家的國王嗎？」
西茲少爺回答這充滿諷刺的問題說：
「有必要的話。」
他的回答雖然簡短，語氣卻很堅定。至於站在視野角落的奇諾，則略為訝異地聳了聳肩。
「好吧。——下一個輪到你了。——然後一起活下去吧。」
正當大家搞不懂「船長」這些話的意思，他突然整個人瓦解在地板上。
「什麼？」
然後，站在他兩旁的人也像突然失去知覺似地倒下。
「……奇怪了。」

「船之國」
—On the Beach · a—

奇諾小心翼翼地接近，蹲在動也不動的「船長」旁邊。

「…………」

在西茲少爺跟我還有蒂的屏息注視當中，奇諾慢慢用左手摘下「船長」的帽子。

原來黑衣人並不是人類。

「船長」根本就沒有頭跟臉。

有的只是整理成人頭的模樣、裡面塞滿棉花的布塊。說得簡單一點，那只是個面無表情的布娃娃，只是一塊沒有五官、髒兮兮的布。

奇諾捲起黑色大衣的袖子，露出的手臂也只是裡面裝了什麼支撐物的布塊。倒在旁邊的那「兩個人」的臉也是一樣。

「…………」

「這是怎麼回事……？」

奇諾沒講話，是西茲少爺喃喃說道。當然，在場沒有人回答這個問題。

過沒多久，奇諾摘下帽子跟面紗，恢復她原來的打扮。

現在已經相當接近陸地，也看得到海岸線了。

這一帶有相當明顯的岩石，不過用控制室的巨大望遠鏡觀看的奇諾，說往南走有一片廣大的沙灘。

西茲少爺確認無誤之後，就決定往那處比這塊國土還要長的峽灣狀沙灘前進，畢竟那裡是最適合登陸的場所。

西茲少爺盯著操作機器，站在背後的奇諾對他說：

「既然都到這裡了，就全看你的囉。——還有，請你讓面向南方的接駁船船塢入口登上陸地吧。」

「嗯，我知道。」

西茲少爺說完，便點擊著機器。這個國家一面慢慢迴轉，一面往沙灘移動。雖然還是不時聽到那個聲音，不過應該是沒事了。

「那我要去做出境的準備了。」

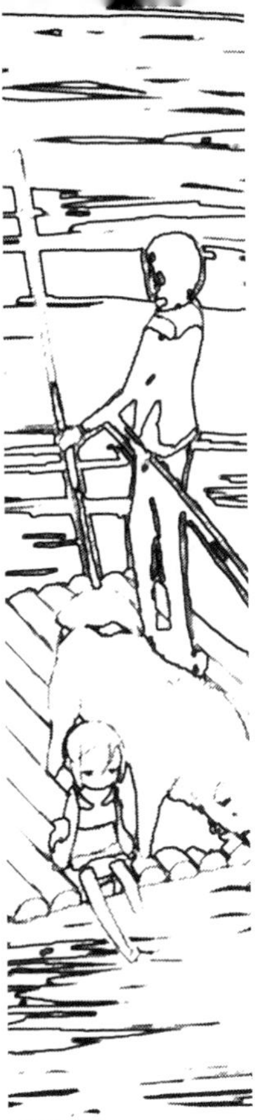

「船之國」
—On the Beach · a—

奇諾說著便走出控制室。

西茲少爺決定要留到最後再走。國家順利地接近沙灘，或許原本就具備有登陸機能，船身做出煞車的動作，再慢慢登陸後停止。

時間剛好是中午時刻，太陽從雲間露出臉，照耀這個抵達沙灘的黑色國家。

西茲少爺操作「船內廣播」的機器。

他通知國內的居民這個國家已經登陸，並且要他們走到外面親眼證實。接著又利用控制器，把面向沙灘的城門打開。城門慢慢地敞開。

由於居民沒有任何舉動，因此無法確定他們是否有聽到剛才的廣播。於是，西茲少爺步出控制室。

他下樓之後往甲板上跑，看得到城門幾乎已經大開。而蒂也一直默默跟在拚命奔跑的西茲少爺後面。

來到生活區，果然看到人民正騷動不安。他們一看到西茲少爺，就連忙問他剛才的廣播是不是真的。

「請你們親眼證實吧。」

聽完這句話，他們便爭先恐後地跑上甲板。

這時候的西茲少爺，則走去房間拿旅行袋，穿過已經沒有半個人的生活區，到達停放越野車的地方。雖然他告訴蒂可以不用再跟了，不過她還是跟在後面。

當我們經過倒在地上動也不動的黑衣人旁邊，看到越野車還是原封不動地好好停在原地。西茲少爺馬上幫它通電，並發動引擎。

而一切都依照奇諾的估算，沒有進水的船塢底部，順利地與登上的沙灘互相連接。

只見沙灘上還有剛留下的摩托車輪胎痕跡，應該是那輛讓我覺得很××的摩托車。

西茲少爺把越野車開到沙灘上。因為蒂坐在副駕駛座的關係，我只好縮成一團窩在她腳邊。越野車搖晃的時候，我還被踢了好幾下呢。

看起來把海陸分隔開來的高大黑色城牆，就矗立在寬廣又明亮的沙灘上。剎那間分不出自己究竟在城牆裡，還是在城牆外。

這時候許多人走了出來，人數大概有數百人，或許更多。總之不只一支部族就是了。

他們目瞪口呆地望著沙灘與西方一望無際的草原景色。對大部分的人而言，這應該是第一次看見大地吧。有些人訝異地觸摸沙子，還有人在地上打滾。

我們找了一下奇諾，只見她就在二百公尺遠的沙灘跟草原的交界處。她站在堆放著旅行用品的摩托車旁邊，往這邊看。她身上背著火力強大的步槍，可能是以防什麼萬一吧，警戒心相當強。

而西茲少爺把越野車停在人群前面。除了之前照顧他的部族長老，還有其他同樣被年輕人圍住的老人，加起來總共是四個人，可見他們應該是其他部族的長老。

這時候人們理所當然地聚集在一塊，而越野車不一會兒就被團團圍住。大家異口同聲地詢問：

「這到底是怎麼回事？」「西茲少爺是否知道些什麼？」

西茲少爺從越野車的座位站起來，在眾人的注目下大聲回答，說自己無法明白『塔之一族』蠻橫的做法，因此去找他們談判，最後還引發了戰鬥。

「——結果他們全搭乘另一艘船逃往別國，已經不在這個國家了。於是我就利用高塔的控制室，讓國家登上這個沙灘。」

眾人們的驚訝與動搖像波濤般陣陣傳來，不過這也是理所當然的，因為統領他們的國王已經不在了。

「所以，你們不用再過被『塔之一族』壓搾的生活，從此以後就能夠在陸地上生活了。你們暫時在國內熟悉陸地上的生活，再把國內的裝置改設在陸地上，並築起城牆。以後，你們只要從陸地開船出海捕魚就可以了，還能夠選擇各種不同的新生活呢。」

人們抬頭看著西茲少爺，茫然地呆站著。

好幾秒……不，應該是好幾分鐘吧，都沒有人開口說話，只是任時間流逝。因為這個國家太過龐大，所以完全聽不到波浪聲。看到部族這些成人們訝異的表情，可想而知他們目前感到相當混亂。

正當我覺得他們可能要花點時間習慣的時候，站在越野車斜後方的孩子，對站在旁邊的母親說：

「我們回去吧……」

這聲音雖然小，不過在寂靜的人群中聽起來格外大聲。

「我們回去，回去啦。」

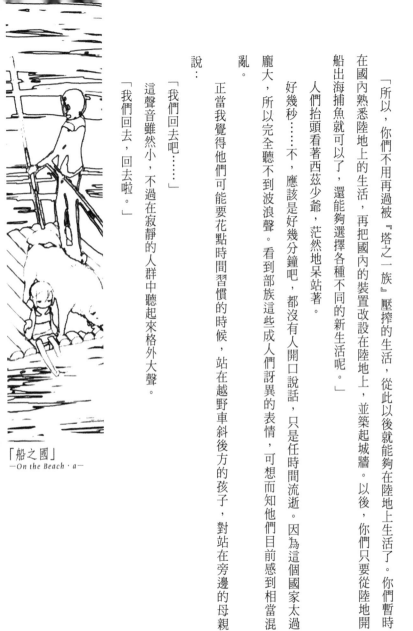

孩子不停央求。母親則蹲在孩子的旁邊說：

「為什麼？我們或許能在這裡生活喲？為什麼想回去呢？」

這應該也是思緒混亂的她詢問自己的問題吧。然後，孩子斬釘截鐵地回答：

「可是這裡都不會搖晃，站起來地面軟軟的，也沒有牆壁跟屋頂，感覺好不舒服哦。」

這感想讓人滿不可思議的，不過對他們來說，再也沒有比這句話更能激發他們愛鄉的情緒了。那句話就像剛剛西茲少爺造成的震撼，開始在人群中擴散。

結論很快就出來了。

開始聽到有人說：

「沒錯，我們回去吧。」

而且愈來愈多人說：「這裡感覺很不舒服」、「不想待在這種地方」、「我們覺得原來的地方比較好」、「這裡又捕不到魚」、「也沒地方可以遮雨」……還有其他各種意見。

「要是回到過去那種生活方式，你們不會有未來的。」

原本一直保持緘默的西茲少爺，拉開嗓子說道。

「這個國家總有一天會沉沒的，雖然我不曉得會在幾年或幾十年後發生，但不會馬上就是了。如此一來，你們大家會沒命的。要是不待在陸地上生活，你們毫無未來可言啊！」

這時候回話的是照顧我們的長老：

「不可能有那種事的！這個國家從以前就一直浮在海面上，怎麼可能會沉沒？——我們才不會被你的謊言所騙呢！」

長老毫無根據但斬釘截鐵的說法，卻比西茲少爺說的實話還令人信服。人們紛紛提高聲量表示贊同。

接著，長老又補上一句決定性的話：

「反正像你這種『旅行者』，都是居無定所、四處流浪。你們這種人根本就無法理解，我們有多愛自己的祖國跟生活方式！」

就表面上的意義來說，這句話的確沒錯。西茲少爺確實是四處流浪，對一般人來說故鄉也很重要。如果用帶點諷刺的說法來形容，就是「無可取代的寶物」吧。

這時候的西茲少爺只有兩種選擇。

一個就是像他對付塔之一族那樣，以「說服」的方式強制所有人留在原地。這或許有點麻煩，

「船之國」
—On the Beach · a—

但也不是不可能。

另一個就是……

「這樣嗎……那我就無話可說了。」

承認自己行動的結果並不如預期，西茲少爺做的就是這個選擇。

從西茲少爺的背影來看，他相當灰心喪氣。

不過就我的觀點來說，西茲少爺的確賦予了他們可以選擇的未來，只是他們執意做這樣的選擇。就算他們全體跟海藻一起消失，也不關西茲少爺的事。

這時候，

「等一下，既然塔之一族已經不在了——」

有人發現到這件事。

「——那往後就由我們這一族來統領這個國家怎麼樣？」

這時候，同意的聲音與其他部族高喊：「哪有這種事」的聲音不約而同地響起，緊接著就開始了一場醜陋的言語爭執。

「大家待在這裡也不是辦法！那就看誰先佔據高塔，誰就是贏家！」

突然有人這麼大叫，隨後就往國內跑。其他部族的男人也不甘示落地跟在後面，還爭先恐後地把別人推開。

接著，女人、小孩跟其他人也依序地穿過城門回到國內。他們對於有希望成為新天地的大地沒有任何眷戀，只是頭也不回地往回走。人潮逐漸被黑色城牆開的大洞吸入。只見越野車的周遭留下一大堆的腳印。

我看不見西茲少爺是用什麼樣的表情凝視這副景象，其實也沒有看的必要。

「…………」

蒂還是不發一語，從剛才就一直坐在越野車的副駕駛座。

西茲少爺一面看著消失的人群，一面用溫柔的語氣對蒂說：

「結果，我失敗了，妳可以回去自己的國家喲。」

「…………」

蒂並沒有回答。

我猜蒂大概過沒多久也會回去自己的國家，所以並沒有特別注意她，只是悠哉地看著人潮往城

「船之國」
—On the Beach・a—

門流動。

西茲少爺走下已經沒有人團團圍住的越野車，走在沙灘上。

「…………」

蒂也下車跟著西茲少爺的足跡，站在他旁邊。我以為蒂會準備道別，然後回去自己的國家。但是她沒有回去，只是站在離越野車稍遠的地方，跟西茲少爺並肩而立。

我突然發現蒂背後那個口袋相當鼓。進入高塔之前，明明還沒那麼鼓的。

「怎麼了，蒂？再不快點回去，會被丟下來喲！」

西茲少爺說道。想必他覺得蒂沒有理由留在這裡吧。所以我也覺得，她應該會回去那艘遲早沉沒的船上。

「…………」

這時候，蒂從背後的口袋拿出一根又圓又長的鐵製圓筒，看起來像是保全人員使用的伸縮式警棍，而且中央還有個突出物。

其實那並不是手榴彈也不是警棍，而是收在刀鞘裡的刀，是一把刀柄跟刀鞘都呈圓筒狀的黑色刀子。蒂馬上把刀鞘拔出、丟在地上，將細長的刀身往西茲少爺的側腹部刺下去。

如果對方是對峙中的敵人，這種輕敵的情況是決不可能發生在西茲少爺身上的，但這次的狀況大不相同，於是蒂的刀鋒穩穩地瞄準住西茲少爺。
「哇！」
不過，西茲少爺還是反應很快地閃開。但是刀尖還是劃破了他的連帽外套、襯衫還有皮膚，只見鮮血灑落在沙地上。
我知道那個傷口應該相當痛，但還不至於致命，因此只是大叫了一聲西茲少爺的名字，並沒有採取任何阻止的行動。
西茲少爺用倒著走的方式，往陸地的方向後退。他跟緊握刀子的蒂只有五公尺左右的距離，但還是沒有拔出腰際的刀。
兩人在越野車的斜右方前對峙。
「……………」
看著不發一語、把刀握在胸前的蒂，西茲少爺用右手按住側腹部，然後看著沾在手上的鮮血。
「對不起，蒂。我可能做了什麼讓妳生氣的事。」

他用一貫的語氣對她說道。我心想：「真是那個原因嗎？」，不過沒有說出口。

這個時候，我同時聽到低沉的金屬聲跟吵雜的引擎聲。

金屬聲是從巨大城牆上大開的洞穴傳出來的。不顧蒂還在陸地上，城門正慢慢地關起。國內那些人，似乎對蒂不表任何關心。

這時候的引擎聲，是奇諾騎著摩托車趕到越野車旁的關係。背著步槍的奇諾，把摩托車停在越野車旁邊，並將引擎熄火。

西茲少爺把頭往右撇了一下，看著我跟奇諾說：

「你們不要出手，我想單獨跟她談。」

雖然傷口不深，但留在越野車上的我，卻很擔心他側腹的傷口不斷冒出鮮血。

把頭轉回去的西茲少爺，看著眼前的蒂，這時候她的背後應該是一整面又黑又高的城牆吧，而且還看得到它正在慢慢關閉。

「蒂，再不快點回去，妳就進不了妳的國家了。」

聽到西茲少爺這麼說，

「…………」

蒂毫無回應，根本就沒有要回去的樣子。

正當西茲少爺跟我猜不透她的想法時，

「那女孩就是『蒂法娜』對吧？原來如此——」

隸屬於奇諾的破爛摩托車開口說話。它的聲音毫無緊張感。照理說，這時候我應該吐槽它「這種時候你別說話，更何況摩托車本來就沒嘴巴」的，但是這次我卻開不了口。

它怎麼會知道蒂的名字？這傢伙剛剛不是一直待在倉庫睡大頭覺嗎？照理說奇諾應該也不知道啊？

西茲少爺也一樣感到驚訝，剎那間露出詫異的表情看著我。

「這個嘛……」

摩托車開口說道，彷彿不用我們開口問就對狀況瞭若指掌。

「正當我停放在倉庫裡、閒到不行的時候，對前來巡視的黑衣人提出了一大堆的問題。雖然對象不是同一個人，不過他們都很好心地回答我的問題。譬如說他們的真面目，還有那女孩的事。」

「什麼？」

奇諾略為訝異地問道。在眾人的注視下，這輛破銅爛鐵一副自以為無所不知的樣子，實在讓我覺得很不爽，但是這時候也只能聽它說了。

「我本來答應他們在奇諾出境以前都要保守秘密的，因此準備等我們上陸之後，再在閒聊之間告訴她。不過算了——反正現在那些黑衣人也不在了。」

別再裝模作樣了，破銅爛鐵！

「之前有艘船漂流到那國家，而它的船名就叫做『蒂法娜』。」

奇諾反問：「漂流船？」

「沒錯，漂流船。那是六百多年前的事了。一艘漂流船來到早就被之前的居民放棄的浮游都市國家，那艘船就是『蒂法娜』。當時那艘類似巡邏船又類似移民船的大船上，搭乘了數百名三歲以下的孩童。據說，大於三歲的人全都因為某種新型瘟疫而死亡了。」

沙灘上迴盪著摩托車毫無緊張感的聲音，而城門正慢慢關上。

「那艘船上有控制用的機器，而且還具備可做某種程度思考的人工智慧機能。算是用來管制運作整艘船的機器。可是因為大人全都死掉，沒有半個人對它下達指令，系統混亂的機器在不知如何是好的情況下，只能一面供應跟它一樣不知所措的孩子們食物，一面在大海上漂流……」

「這麼說，當時的那些孩子就是目前的居民……」

西茲少爺說道。

「沒錯，然後機器就是身穿黑衣的王族。」

「這是為什麼呢，漢密斯？」

「機器讓孩子們在那個國家裡生活，因為總比待在『蒂法娜』上的生還機會更高。然後，它又自行把機能轉移到高塔上。加上這個國家的動力爐還有剩餘能源，雖然遭到丟棄還是能夠使用。那些黑衣人不都是『布娃娃』嗎？那是因為有必要用人類的模樣來照顧那群孩子，才會打扮成那樣的。

——經過一段『育兒時期』後，孩子們逐漸成長。但是當他們開始懂事，也會做很多事情的時候，問題又來了。」

「原來如此。沒有人能夠統一管理他們。」

西茲少爺繼續看著前方說道。畢竟他們都是孩子，正進入想為所欲為的時期，想必製造了不少爭執跟混亂吧？摩托車開心地說：

「不愧是前王子。」

「船之國」
—On the Beach · a—

別那麼多廢話，繼續說吧。

「因此，煩惱的機器為了讓大家生存下去，也為了統一管理他們，便創造出某種『偉大的存在』，那就是國王一族。某天它突然瞎掰說『我們是從過去就存在於此的一族』，至於黑衣的裝扮也是當時想出來的。之後它就讓居民去採集食物，而人類的必需品就靠修好的廢棄接駁船跟岸上的人類交易來取得，讓人們得以在這個國家生存下去。接著，孩子們長大成人之後繼續生活。由於沒什麼事情可做，導致內部人口暴增，中間還有些人因為爭執而另創一支新的部族，不過至今還沒發生過互相殘殺的狀況。——以上就是那個國家的歷史，我說完了。」

結束這段沒有緊張感的發言之後，

「可是，那群黑衣人如果盡快讓國家登陸不就沒事了？」

破銅爛鐵回答奇諾簡單又合理的疑問：

「這點我也問過了。他們好像曾經好幾次考慮過讓國家著陸，但前提是不能暴露那些黑衣人的真正身分，加上他們判斷無法保證領導者不是人類的居民能夠免於受其他國家的欺侮，居民生活在弱肉強食的世界又可能性命難保，結果就放棄了這個決定。」

「所以才會對我說：『下一個輪到你了』……」

西茲少爺喃喃說道。「船長」的確曾經那麼說。原來那句話並沒有任何諷刺的意味，是真的要把這個國家的未來託付給西茲少爺。

蒂面無表情地拿著刀，而她身後的城牆已經關上一大半。

「那麼，告訴我有關蒂的事吧！為什麼她要叫那個名字？」

西茲少爺對破銅爛鐵說。再不快點問清楚，城牆就快整個關上了。

「知道了。——那個女孩本來不是這個國家的人。」

「…………」

不發一語的蒂持續把刀對著西茲少爺，我發現她的身體正微微地顫抖。

「那個女孩是旅行者的小孩，結果被父母當成『渡船費』使用。」

「原來如此，難怪只有她散發的感覺跟別人不一樣。」

奇諾如此說道。的確沒錯，整個國家只有蒂是白頭髮。

「她的父母都過世了嗎？」

「沒有。——那孩子是遭人丟棄的。」

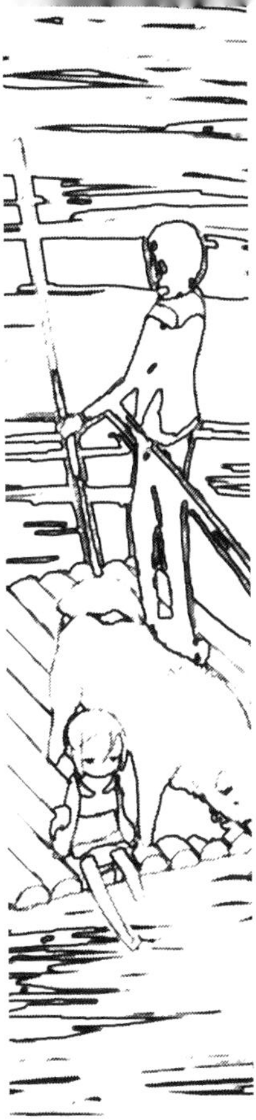

「船之國」
—On the Beach・a—

破銅爛鐵這麼回答西茲少爺的問題。

如果破銅爛鐵沒有說謊或唬爛——其實它也沒有理由那麼做——換句話說，蒂是個棄嬰。蒂的雙親都是流浪者，他們兩人走遍了大大小小的國家，是很常見的一對旅行情侶。大約十三年前，他們倆為了渡海而來到這個國家。原本他們預定幾十天後渡海抵達「對岸」就要離境的。但可能是喜歡上這裡的生活，兩人竟然滯留了一年以上。

而蒂就是在那段期間出生的。剛開始，他們兩人似乎非常開心，那群黑衣人也盡可能給予幫助。當時她好像不是叫這個名字。

可是，他們終於感到厭煩而打算出境，這時候兩人想到：

「有可能帶著嬰兒旅行嗎？」

實際上的確是困難重重，不過也不是不可能。

於是，他們兩人決定留下蒂出境。而且他們為了矇混過關，還特地用布娃娃偽裝成嬰兒抱出去。

後來，黑衣人在寬敞的倉庫裡發現獨自哭泣的蒂，可是已經來不及了，那兩個人早就上岸，繼續享受只有他們兩人的旅行。

「船之國」
—On the Beach・a—

那群黑衣人——也就是機器，在煩惱好一陣子之後，決定自己親自撫養蒂。它們認為就算把她交給民眾，重視血緣關係的他們是不可能很快接納這個孩子的。

於是她被重新命名為蒂法娜，取自一切的源頭的那艘船。

黑衣人教授蒂各種各樣的知識。從一開始，他們就老實告訴她是被父母遺棄的，以及黑衣人本身不是人類這件事。

蒂可說是這個國家的公主。因為交易所得的食物，主要都用在維持蒂的健康上面。因為，他們知道過於極端的飲食生活是會危害健康的。

而蒂也是唯一能在國內四處亂走的人類。民眾非常害怕神出鬼沒的蒂，都當她是帶來災厄的惡魔。其實她好像也做過類似間諜的事情。為什麼在調查破損處的時候，蒂會對國內的狀況那麼瞭若指掌，這下謎底終於解開了。

而把蒂派到西茲少爺的身邊，也是黑衣人的意思。主要是因為從前並沒有怪人願意在滯留期間跟民眾一起生活，因此派她進行監視。

「她的工作就是負責監視啊。」——聽到破銅爛鐵這麼說，我剎那間明白了。

要是蒂對西茲少爺有好感的話，黑衣人也真心認為讓她從此跟著西茲少爺也不錯。

所以「船長」最後才會這麼說：

「然後一起活下去吧。」

那句話其實是對蒂說的。意思是要她跟著變成下一任國王的西茲少爺，找個地方生活，也算是代替她雙親的機器留給棄嬰公主的最後一句話。

黑衣人不在了，那個國家也沒有蒂的容身之處。要是她不跟著西茲少爺，的確會死在荒郊野外。

然而當時西茲少爺對她說的那句「妳還是回去吧」，就算西茲少爺是出於一番好意——但是對她來說，那就等於「被宣判死刑」。

正當我要大聲提醒西茲少爺的時候，關到一半的城牆發出不祥的聲音，好像是被什麼拉住似的，然後「啪喇」一聲發出鋼鐵粉碎的聲音。

沒多久，

「我沒有地方可回去！」

我沒有立刻意會出，那個又高又清晰的聲音是蒂所發出來的。西茲少爺也露出訝異的表情，不過他卻是為了截然不同的事情而訝異。

「…………」

原本看著蒂的西茲少爺，慢慢把視線往下移。

「啊……」

然後看著自己的肚子。

也難怪他會嚇一跳，因為我也嚇到了。這時候響起奇諾用力踩著沙灘的腳步聲，

「哎呀！」

還有破銅爛鐵的白癡聲音。

西茲少爺的腹部深深插了一把刀。

刀刃把連帽外套的布跟他的肚子串在一塊。鮮血不斷從衣襬流到牛仔褲。

插在他身上的刀連著一個銀色的金屬圓筒。蒂則拿著刀柄，站在遠遠的位置。

謎題馬上解開了。從蒂手上的刀柄露出一截粗彈簧。原來那把刀是設計成只要往中央突出的部

「船之國」
—On the Beach · a—

分一按，刀刃就會利用彈簧的力量飛出來。

「啊……蒂……」

西茲少爺一說完，就口吐鮮血跪坐在地。他的雙腿膝蓋陷進沙裡，游移不定的眼睛看著蒂，又望向天空，接著便躺了下來。只見西茲少爺以上半身倒地的姿勢，面朝下倒在沙灘上。

他倒下去沒多久，蒂就把手上的刀柄丟掉，從背後再拔出另一把一模一樣的。她還是沒有任何表情，一樣是那張撲克牌臉。

「哪一個？」

我還沒想出要講些什麼，奇諾問了我這個問題。她的右手正握著大口徑的左輪手槍。

「他的傷相當危險喲！」

不用說也知道。要是不立刻做處理，西茲少爺很可能會因為出血過多而死亡。

至於奇諾剛剛說的「哪一個」，是在問要選擇讓哪一個人死。

如果我選擇西茲少爺的話，四四口徑的凶惡子彈就會把蒂的腦袋轟掉一半吧。但是不做選擇的話，西茲少爺又會渾身是血地躺在沙灘上死去。

反正奇諾沒必要對西茲少爺或蒂盡什麼道義，對他們也沒什麼特殊的感情，不論是誰死……不，就某種意義來說，就算雙方都死了也不關她的事。想必她還是一樣騎著那輛破銅爛鐵，留下不會駕駛越野車的我繼續她自己的旅行。

不過她既然都開口問我了，就表示要我做出抉擇。

答案太簡單了。

為了好好回答這個問題，我深吸一口氣對著奇諾——

「沒什麼好選的！」

這不是我的答案。看著我的奇諾則露出非常意外的表情，

「沒什麼好選的！」

然後看著再度大叫的西茲少爺。

西茲少爺以雙手跟雙膝撐在沙灘上，然後慢慢站起來。刀依舊刺在他的肚子上，血也一樣流個不停。

「沒什麼好選的，所以我希望妳不要插手。」

好不容易站起來的西茲少爺，看著我跟奇諾，露出淡淡的微笑。但他的嘴角卻沾滿了鮮血。

「船之國」
—On the Beach · a—

「蒂！」

這時候西茲少爺回頭看蒂。拿著第二把刀的蒂嚇得抖動一下。平常都是撲克牌臉的她，又讓我見識到吃攜帶糧食以外的表情變化。

「…………」

她睜著大大的眼睛，動著不說半句語卻氣喘吁吁的嘴巴，那是人感受到未知的恐懼時才會有的表情。而她手中的刀尖，也隨之微微顫抖著。

「妳不用害怕……是我不好。」

這句話是西茲少爺說的，他開始邁步前進，一步步走向蒂。從我這個位置，只看得見他的側臉。

突然發出像是鐘聲般「咚」的重音，那是蒂背後的城牆關上的聲音。

西茲少爺又接近她一步。

「這也難怪……真的很對不起。儘管我不知情，卻對妳說了這麼殘忍的話……」

然後，西茲少爺開始咳嗽，大量鮮血從他嘴巴湧出並滴落在沙灘上。

他像個幽靈般搖搖晃晃地朝著那把刀走去。

「妳已經無法回去那個國家對吧……那也是沒辦法的事……我也算是罪魁禍首，可是……」

「…………」

蒂不發一語地看著西茲少爺。西茲少爺轉眼已經走到蒂的面前。這時候已經不需要彈簧的力量，她只要把纖細的雙手往前一伸，第二把刀就能刺中西茲少爺。

「不過……我不會丟下妳的……從今以後，我們互相扶持吧……」

只有一個人看得到西茲少爺說這些話的表情，那就是蒂。

白髮女孩目不轉睛地看著眼前這個人的臉。

「謝……謝謝……」

她面無表情地小聲說。

「不需要道謝。不過，別客氣。」

西茲少爺開心地說道，他靜靜地跪坐在地上，緊緊擁住手持刀子的蒂嬌小的身軀。

蒂的雙手也伸向西茲少爺的脖子。掉落的刀子微微發出插在沙地上的聲音。她緊緊抱住西茲少爺的頭。

「船之國」
—On the Beach · a—

緊閉雙眼的蒂，把臉貼緊西茲少爺的臉頰。白髮跟黑髮偎在一起。就在這個同時，地面開始搖晃，並發出低沉的啟動聲。

在兩人背後的黑色城牆變得愈來愈遠。那個國家丟下蒂離開了，速度之快令人訝異。

西茲少爺繼續抱著蒂，跟她臉貼著臉，然後對沒有回頭的蒂說：

「這下子，我和妳都跟那個國家說再見了……」

被抱住的蒂輕輕點頭。

「不過，接下來妳——」

「…………」

蒂抬頭望著西方的天空，不發一語地等待西茲少爺說下一句話。

「跟我……」

西茲少爺的聲音突然消失。

「……咿！」

蒂發出微微的驚叫聲。

西茲少爺靜靜往後仰。嬌小的蒂因為扶不住他，也跟著倒在地上。仰躺在地上的西茲少爺臉色蒼白，讓嘴角的鮮血更加醒目。他的呼吸變得很微弱，雖然應該是還沒死，不過情況也相當危急。

然後——

「不要！我不要！不要留下我！不要留下我！不要啊！」

蒂不斷大叫。雖然她的表情並沒有任何改變，不過她拚命搖著頭，用身體表示否定，一次又一次地。

但是，西茲少爺毫無反應。

「…………」

蒂的動作停了下來，她不發一語地低頭看著動也不動的西茲少爺。

就在下一秒鐘，蒂把手伸向西茲少爺的右腰處。我完全猜不出來她想做什麼。

「這下不妙了。」

破銅爛鐵說道。

只見恢復平常模樣的蒂，右手正拿著一顆圓形鐵球。

那個上面有插硝跟護夾的玩意兒，是一旦爆炸就會把蒂跟西茲少爺的身體轟掉一半的手榴彈。

原來她是從西茲少爺腰際的包包裡拿出來的。

「那孩子是想殉情嗎？」

就在破銅爛鐵說話的同時，奇諾的左輪手槍也「卡嚓」地發出扳起擊鐵的聲音。

若在這時候瞄準蒂的頭部讓她一槍斃命，手榴彈就不會爆炸，只是西茲少爺的身旁會多出一具嬌小的屍體。這時，蒂的左手伸向她右手上的插銷。

奇諾為了準備扣下扳機而屏住氣息。我聽見了她最後的呼吸聲。

「住手啊！」

這是躺在地上的西茲少爺發出的叫聲。

剎那間，我也分辨不出來這句話是對蒂說的？還是對奇諾說的？

可是，幾乎在他出聲的同時，手榴彈的插銷被拉開了，護夾也立刻彈了出去。

還剩四秒。

然後奇諾也開槍了。

沉重又漫長的槍聲撼動了沙灘。

子彈以音速發射出去，所費不到十分之一秒的時間。

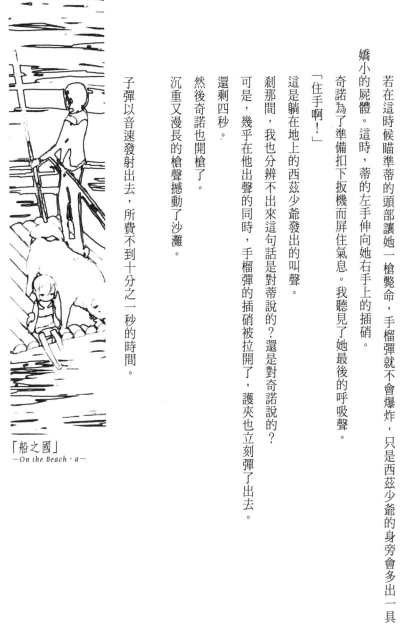

它筆直往蒂飛去，瞄準得絲毫不差，便打中了蒂右手上的圓形鐵球——也就是手榴彈的底部。

鐵球在連蒂都沒發現的情況下從她的小手彈開，落在沒有半個人的海岸邊。

然後爆炸，炸出了一個小洞。

那個時候，龐大的船之國仍持續往海面前進。海水再次拍打著沙灘。

巨浪一度湧上來，覆蓋住那個小洞。當它退去的時候，洞已經看不見了。

◉時雨沢惠一著作一覽表

「表面是著作表　the Beautiful Word」（後記）
「其實就是後記　the Beautiful Word」（同）
「想說有些時候　the Beautiful Word」（岡）
「借一個怪地方　the Beautiful Word」（門）
「把本書的後記　the Beautiful Word」（冊）
「寫好給大家看　the Beautiful Word」（聞）
「我是這麼想啦　the Beautiful Word」（回）
「那麼」（問）
「暫時陪我Ⅱ　玩一下囉」（周）
「麻煩大家Ⅲ（上）　多多擔待」（願）
「終於終於Ⅲ（下）　這部作品出到第八集了哦」（嬉）

感謝各位對本書的期待與聲援。

■

感謝的對象

衷心感謝以下兩位：偉大的插畫家以及

Media Works電擊文庫編輯部。

「黑星紅白」老師

「責任編輯」大大

■

Kadokawa
Funny
Novels

奇諾の旅VIII
—The Beautiful World—
得到以下的人的幫助才得以出書

2005年5月20日　初版第1刷發行

發行人：**佐藤辰男**先生
發行所：株式會社**Media Works**
地　址：〒101-8305　東京都千代田區神田駿河台1-8
東京YWCA會館
電　話：03-5281-5207（編輯部）
總經銷：株式會社**角川書店**
地　址：〒102-8177　東京都千代田區富士見2-13-3
電　話：03-3238-8605（業務部）
裝　訂：**荻窪裕司**先生（META＋MANIERA）
印刷・製版：**旭印刷株式會社**

※破損或裝訂錯誤的書算相當少見，買到的人算是幸運兒吧？
※價格並不會突然漲價。
※參考（參照）本書之全部或部分內容，時雨沢個人覺得很榮幸。
※如果希望參考本書之內容，不需要跟任何人聯絡，儘管讓你的幻想力爆發吧（註：但是不可以直接盜用哦）。

ICBM÷8402×2059＝？

嘗試當個電擊文庫作家吧

自從我以《奇諾の旅》這部小說出道，已經有整整五年的時間了。簡單說來是五年，不過當時在1999年7月購買第一集的小六生都已經變成高中生，正處於煩惱大學學測的年紀呢。時間似乎轉眼即逝，卻又像是一趟漫長又開心又帶點辛苦的旅行。

原本是拿來投稿新人賞而誕生的《奇諾の旅》，這段期間不但連續出了八集，連另一個系列的《艾莉森》也順利照計畫落幕了。各位讀者，真的非常謝謝你們的支持。

以下是題外話，其實這一集是我搬家後初次完成的作品。雖然那時候還得在地板擺折疊飯桌跟和式椅寫稿，不過我還是抱著坐在RECARO公司（世界著名的專業座椅製造公司）的椅子（加上放腳架的車內座椅）上執筆的心情寫的。雖然心境不同，我也擔心作品風格會不會有別於過去，不過那種事應該是不會發生才對。

不過，往後我也有可能坐在椅子或用單腳站立或倒立或用瑜伽的姿勢寫稿——但是不管在任何狀況或天氣，我都會拚命拚命！用盡全力！接連不斷！像連珠砲似地！一本接一本！寫出讓各位看得開心的有趣小說的……希望如此！嗯。

（編輯部註：這只是願望啊？況且你到後面還愈講愈小聲。）

2004年10月10日

時雨沢惠一

※原文為アニソン，作者在惡搞自己的作品「アリソン」。

Kadokawa Funny Novels

動畫歌曲合唱團※
作者／時雨駅惡一　插畫／白星紅黑
ICBM÷8402×2060＝？
我們是「動畫合唱團」，隨時隨地都唱著動畫歌曲。讓我們到KTV唱到天亮吧！——由時雨駅惡一呈獻的驚愕動畫歌曲小說，就此誕生！

動畫歌曲合唱團Ⅱ　日夜笙歌
作者／時雨駅惡一　插畫／白星紅黑
ICBM÷8402×2061＝？
KTV歇業。常去的KTV竟然接二連三地消失，「動畫合唱團」該如何是好？——造成衝擊的第一部作品不過是前兆！重要纜結的續篇登場！

動畫歌曲合唱團Ⅲ（上）　死守麥克風
作者／時雨駅惡一　插畫／白星紅黑
ICBM÷8402×2062＝？
為了尋找傳說中的麥克風而啟程旅行的「動畫合唱團」。但是前方卻有新的敵人擋住他們的去路！沒嘗夠教訓而繼續推出的續篇。啊～歌詞不禁教人熱淚盈眶……

動畫歌曲合唱團Ⅲ（下）　名爲陰謀的舞台
作者／時雨駅惡一　插畫／白星紅黑
ICBM÷8402×2063＝？
「動畫合唱團」四分五裂，可是他們對動畫歌曲的熱情卻絲毫不減！——為了找尋傳說中的第三首歌詞，他們響著回音繼續著旅程！

奇諾の襪子　the Beautiful Socks
作者／時雨駅惡一　插畫／白星紅黑
ICBM÷8402×2064＝？
「我才不會穿襪子呢！」——某個人的反抗連累到許多人，最後世界性的「反襪同盟」終於撼動了歷史！大河浪漫戰記登場！

奇諾の語尾　the Beautiful Inflection
作者／時雨駅惡一　插畫／白星紅黑
ICBM÷8402×2065＝？
語尾的變化即是心靈的變化……藉由美麗的日本話來表現悲悽動人的戀愛心情，令人感動的愛情幻想故事——送給想淚流不止的你。

奇諾の腰帶　the Beautiful Belt
作者／時雨駅惡一　插畫／白星紅黑
ICBM÷8402×2066＝？
「這條腰帶能拯救世界」——主角為了傳說中的腰帶深深著迷。被導引前往「腰帶之國」的主角，衝擊性的真相正等著她！一部震撼和服界的幻想故事。

Kadokawa Funny Novels

奇諾の鐵鏽 the Beautiful Rust
作者／時雨駅惡一　插畫／白星紅黑
ICBM÷8402×2067=？

棲息在鮮紅鐵鏽裡的生命，研究者從中發現到惡魔。襲擊人類的鐵鏽與挺身對抗的少女，她的命運將會如何！近未來ＳＦ動作故事在此登場！

奇諾の火葬 the Beautiful Cremation
作者／時雨駅惡一　插畫／白星紅黑
ICBM÷8402×2068=？

燃燒吧！認真探討火葬的超萌小說登場！描述發生在火葬場的騷動與感動！何謂人的生與死？充滿衝擊性的話題作品撼動整個出版界！

奇諾の龍蝦 the Beautiful Lobster
作者／時雨駅惡一　插畫／白星紅黑
ICBM÷8402×2069=？

某天奇諾一覺醒來就想來一頓龍蝦大餐！——於是便到海邊去！她潛水！抓蝦！烤蝦！一部針對漁業權益問題的社會派熱情作品登場！

奇諾の興趣 the Beautiful Hobby
作者／時雨駅惡一　插畫／白星紅黑
ICBM÷8402×2070=？

興趣正是人活在世上的價值。興趣才是人生的潤滑劑。一名以找尋興趣為興趣的少女尋找自我的人性連續劇。時雨駅的興趣在此爆發！

奇諾の大意 the Beautiful Defect
作者／時雨駅惡一　插畫／白星紅黑
ICBM÷8402×2071=？

原以為完美無缺的太空船系統卻出現了小缺陷。生命維持系統的危機迫在眉睫。一名少女挺身而出，她的命運將會如何？密閉空間動作劇登場！

奇諾の生活 the Beautiful Days
作者／時雨駅惡一　插畫／白星紅黑
ICBM÷8402×2072=？

神清氣爽的每一天，寧靜的生活。少女始終在那兒。——描繪居住在森林裡的少女與造訪的旅行者之間的交流，充滿溫馨的幻想故事開幕。

電擊大賞殺人事件
作者／時雨駅惡一　插畫／白星紅黑
ICBM÷8402×2073=？

日本各地接連不斷發生殘酷的兇殺案。看似毫無瓜葛的被害人竟然全都通過電擊大賞第二次選拔！充滿衝擊性的懸疑作品，在不顧編輯部的反對下登場！

THE 後記

作者／時雨駅惡一　插畫／白星紅黑

ICBM÷8402×2074＝？

本篇僅兩頁，後記卻長達二百多頁。精神失常的作者將他的想法化為文字，寫成一部充滿威脅性的問題作品（註：本作品可能很快會絕版）。

＊以上就是我的後記。　時雨沢惠一

◉時雨沢恵一 著作一覽表

「奇諾の旅Ⅰ　the beautiful World」（Kadokawa Fantastic Novels）
「奇諾の旅Ⅱ　the beautiful World」（同）
「奇諾の旅Ⅲ　the beautiful World」（同）
「奇諾の旅Ⅳ　the beautiful World」（同）
「奇諾の旅Ⅴ　the beautiful World」（同）
「奇諾の旅Ⅵ　the beautiful World」（同）
「奇諾の旅Ⅶ　the beautiful World」（同）
「艾莉森Ⅰ」（同）
「艾莉森Ⅱ　白晝夜夢」（同）
「艾莉森Ⅲ（上）車窗外的路妥尼河」（同）
「艾莉森Ⅲ（下）名為陰謀的列車」（同）

對本書有任何意見及感想，歡迎來信指教。

■

來信請寄：

〒105台北市光復北路11巷44號5樓

台灣角川書籍編輯部收

■

Kadokawa Fantastic Novels

奇諾の旅 I the Beautiful World

作者／時雨沢惠一　插畫／黑星紅白

ISBN986-7664-77-9

『世界並不美麗。正因為如此才顯出它的美』。以短篇小說的形式串聯出人類奇諾與會說話的摩托車漢密斯的旅行故事。前所未見的新感覺小說登場。

奇諾の旅 II the Beautiful World

作者／時雨沢惠一　插畫／黑星紅白

ISBN986-7664-95-7

人類奇諾與會說話的摩托車漢密斯的旅行故事。以短篇小說的形式，串聯出前所未見的新感覺小說第2彈！書中登滿了超人氣黑星紅白的彩色插圖!!

奇諾の旅 III the Beautiful World

作者／時雨沢惠一　插畫／黑星紅白

ISBN986-7427-08-4

當奇諾跟漢密斯還在師父家的時候，奇諾她們的住處來了三名山賊？（「說服力」）。收錄共6話的內容。蔚為話題之新感覺小說第3彈！

奇諾の旅 IV the Beautiful World

作者／時雨沢惠一　插畫／黑星紅白

ISBN986-7427-41-6

來到某個國家的奇諾與漢密斯，看到一對吵得很兇的男女……（「兩人之國」）。收錄共11話的內容。蔚為話題之新感覺小說第4彈！

奇諾の旅 V the Beautiful World

作者／時雨沢惠一　插畫／黑星紅白

ISBN986-7427-60-2

前往某個國家的奇諾與漢密斯遇到一名男子。那男子希望能與她們同行，但是奇諾斷然拒絕。接下來……（「能殺人之國」）。收錄共10話的內容。

奇諾の旅 VI the Beautiful World

作者／時雨沢惠一　插畫／黑星紅白

ISBN986-7427-89-0

等待出境的奇諾與漢密斯遇到一名男子。那男子說過去殺了人，為了乞求原諒便跟一名女性出來旅行。（「她的旅行」）。收錄共11話的內容。

奇諾の旅 VII the Beautiful World

作者／時雨沢惠一　插畫／黑星紅白

ISBN986-7299-19-1

奇諾與漢密斯遇見了「移動之國」並入境。而那個「移動之國」前往的地方還有個「禁止通行之國」，之後……（「困擾之國」）。收錄共8話的內容。

Kadokawa Fantastic Novels

奇諾の旅VIII the Beautiful World
作者／時雨沢惠一　插畫／黑星紅白

ISBN986-7299-71-X

奇諾與漢密斯拜訪一個國家，該國全體國民都有戴「眼鏡」的義務，而那付眼鏡是用來……。（「無法做壞事之國」）等。超人氣系列作品最新作!!

今天開始魔の自由業！
作者／喬林　知　插畫／松本手毬

ISBN986-7427-59-9

平凡的高中生澀谷有利，被馬桶的急促水流帶到了充滿歐洲風格的異世界！還莫名其妙成為真魔國的魔王？讓你笑破肚皮的刺激奇幻冒險小說，堂堂登場囉！

這次是魔の最終兵器！
作者／喬林　知　插畫／松本手毬

ISBN986-7427-87-4

一不小心就當上魔王的有利，為了尋找魔王的最終兵器——魔劍，踏上了尋劍之旅，卻遇到了不少窘境！絕對讓你捧腹大笑的奇幻冒險小說，再度登場！

今夜是魔の大逃亡！
作者／喬林　知　插畫／松本手毬

ISBN986-7299-21-3

有利陰錯陽差又回到了真魔國，這次的任務是尋找能夠呼風喚雨的魔笛！不料，竟跟古恩達被誤會成情侶!?讓你捧腹大笑、High到最高點的奇幻冒險小說第三集！

涼宮春日的憂鬱
作者／谷川　流　插畫／いとうのいぢ

ISBN986-7427-88-2

第八屆「Sneaker」大賞受賞作。校內第一怪人涼宮春日，組了個「為了讓世界變得更熱鬧的ＳＯＳ團」，而外星人、未來人與超能力者皆應涼宮的願望出現了？

涼宮春日的嘆息
作者／谷川　流　插畫／いとうのいぢ

ISBN986-7299-20-5

率領ＳＯＳ團的涼宮春日，這次把歪腦筋動到校慶去了！只要她隨口一句，那些外星人、未來人、超能力者就會吃盡苦頭——暴走度ＮＯ.１的校園故事再次展開！

涼宮春日的煩悶
作者／谷川　流　插畫／いとうのいぢ

ISBN986-7299-53-1

一無聊就會發動異常能量的涼宮春日，這次又突發奇想，號召ＳＯＳ團參加棒球大賽、舉辦七夕許願活動、前往孤島合宿……瘋狂ＳＦ校園喜劇第三彈！

Kadokawa Fantastic Novels

彩雲國物語 紅風乍現
作者／雪乃紗衣　插畫／由羅カイリ
ISBN986-7299-16-7

當荒廢政事的年輕俊美國君，遇上精打細算的貧窮貴族千金，一齣顛覆傳統的宮廷戲碼就此展開……。本作榮獲日本第一回BEANS小說賞獎勵賞．讀者賞。

彩雲國物語 黃金的約定
作者／雪乃紗衣　插畫／由羅カイリ
ISBN986-7299-36-1

彩雲國的官員紛紛因中暑而病倒，缺錢的秀麗於是男扮女裝前往宮中打零工，除了怕被國王撞見，還必須面對從不摘下面具的古怪上司!?清新宮廷小說第再次登場。

聖魔之血 Reborn on the Mars I 悲歎之星
作者／吉田直　插畫／THORES柴本
ISBN986-7427-49-1

吸血鬼侯爵咎勒，企圖以失落的科技兵器「悲歎之星」毀滅人類，教廷派遣的巡視神父亞伯，能阻止咎勒的企圖嗎…「聖魔之血」長篇系列R.O.M.的第一集。

聖魔之血 Rage Against the Moons I From the Empire
作者／吉田直　插畫／THORES柴本
ISBN986-7427-86-1

「聖魔之血」的前傳式短篇系列R.A.M.登場！亞伯神父在威尼斯，與真人類帝國派遣的女吸血鬼亞絲，聯手追捕逃出真人類帝國的重大罪犯…共收錄4篇故事。

聖魔之血 Reborn on the Mars II 熱砂天使
作者／吉田直　插畫／THORES柴本
ISBN986-7299-37-X

正於迦太基訪問的米蘭公爵卡特琳娜面前，出現了一名吸血鬼少年。他是帶來真人類帝國皇帝旨意的特使！史上首度和人類接觸的吸血鬼皇帝，究竟有什麼目的!?

新羅德斯島戰記 序章
作者／水野良　插畫／美樹本晴彥
ISBN986-7993-72-1

年輕的瑪莫公王史派克經歷的邂逅及別離；炎之部族的女族長娜蒂亞激烈的一生；不死者之王的真面目…隱藏在羅德斯島的許多故事，現在正要開始！

新羅德斯島戰記1 暗黑森林的魔獸
作者／水野良　插畫／美樹本晴彥
ISBN986-7993-91-8

邪神戰爭結束已有一年，但邪惡之火仍在瑪莫島燃燒。內亂的徵兆、魔獸的出現及暗中活躍的舊帝國餘黨…年輕的瑪莫公王史派克要如何度過危機？

國家圖書館出版品預行編目資料

奇諾の旅：the Beautiful World／時雨沢 惠一作；
莊湘萍譯．--初版--臺北市：臺灣國際角川，
2004-〔民93-〕冊；公分
譯自：キノの旅：the Beautiful World
ISBN 986-7664-77-9（第1冊：平裝）.--
ISBN 986-7664-95-7（第2冊：平裝）.--
ISBN 986-7427-08-4（第3冊：平裝）.--
ISBN 986-7427-41-6（第4冊：平裝）.--
ISBN 986-7427-60-2（第5冊：平裝）.--
ISBN 986-7427-89-0（第6冊：平裝）.--
ISBN 986-7299-19-1（第7冊：平裝）.--
ISBN 986-7299-71-X（第8冊：平裝）.--
861.57 93002314

Kadokawa
Fantastic
Novels

奇諾の旅 VIII
—the Beautiful World—

（原著名：キノの旅VIII—the Beautiful World—）

2005年5月20日　初版第1刷發行
2023年9月22日　初版第8刷發行

作　者：時雨沢惠一
插　畫：黑星紅白
日版設計：鎌部善彦
譯　者：莊湘萍

發行人：岩崎剛人
總編輯：蔡佩芬
編　輯：黎夢萍
美術設計：宋芳茹
印　務：李明修（主任）、張加恩（主任）、張凱棋

發行所：台灣角川股份有限公司
地　址：104台北市中山區松江路223號3樓
電　話：（02）2515-3000
傳　真：（02）2515-0033
網　址：www.kadokawa.com.tw
劃撥帳戶：台灣角川股份有限公司
劃撥帳號：19487412
法律顧問：有澤法律事務所
製　版：巨茂科技印刷有限公司
ISBN：978-986-729-971-0
